나의 청소년 문학 교과서

시를
아는
아이

나의 청소년 문학 교과서

시를 아는 아이

2013년 12월 4일 처음 펴냄
2016년 1월 10일 3쇄 찍음

지은이 문인곤
펴낸이 신명철
펴낸곳 (주)우리교육
등록 제 313-2001-52호
주소 (03993) 서울특별시 마포구 월드컵북로 6길 46
전화 02-3142-6770
팩스 02-3142-6772
홈페이지 www.uriedu.co.kr
인쇄 천일문화사

ISBN 978-89-8040-950-1 43800

이 도서의 국립중앙도서관 출판시도서목록(CIP)는
e-CIP홈페이지(http://www.nl.go.kr/ecip)에서 이용하실 수 있습니다.
(CIP 제어번호:CIP2013025896)

나의 청소년 문학 교과서

시를 아는 아이

문인곤 지음

파울 클레, 〈눈〉

우리교육

시를 아는 아이에게

'국어를 잘하는 것'은 어떤 것일까?

일반적으로 우리말에 대한 지식이 많고, 말을 곱고 바르게 잘하고, 글을 정확하고 아름답게 쓰는 것일 거야. 하지만 현실적으로는 학교 국어 수업을 잘 이해하고 국어 시험을 잘 보는 것이겠지? 물론 그것도 틀린 말은 아니야.

이제는 조금 낡은 이야기이지만, 한 원로 시인이 자신의 시를 지문으로 한 대학 입시 국어 시험 문제의 정답을 반도 맞히지 못했다는 웃지 못할 사례도 있어. 아마 학교에서 국어를 배운 지가 좀(?) 오래된 사람들도 예외가 아닐 거야. 여기 '반걸음 뒤의 선생님'(이하 선생님)처럼, 대학에서 국어국문학을 전공하고 지금은 국어 교과서 편집자로서 관련된 일을 하는 사람도 크게 다르지 않단다.

재미로 풀어 본 수능 국어 시험 몇 문제를 틀렸다고 우리 국어 교육이 여전히 한심하다고 여기서 굳이 말하려는 것은 아니야.

그것은 선생님의 관심 범위나 능력을 살짝 벗어나거든. 다만 선생님은, 다른 과목은 몰라도 국어, 특히 문학은 지금처럼 공부하는 것이 그렇게 좋은 방법이 아니라는 생각을 늘 해 왔단다. 이것은 단지 학교 시험을 위한 국어, 문학 공부에만 한정된 이야기는 아니야.

선생님에게 국어와 문학이란, 우연히 만난 좋은 시 한 편, 흥미로운 삶을 산 작가를 좋아해서 관련된 문학 작품을 읽고, 그림을 보고, 영화를 보고, 음악을 듣는 과정에서 신기하게도 저절로 좋아하게 되었던 것이기 때문이야. 조금은 개인적인 이런 경험을 그대로 일반화하기는 어렵겠지만, 국어와 문학이란 그렇게 즐기며 알아 가야 하는 것이 아닐까?

그러니까 이 책은 이런 주제넘은 안타까움을 이기지 못하고, 너와 같이 국어와 문학을 사랑해야 할 '어린 벗'들과 나누기 위해 나름대로 꾸며 본, 선생님의 '가상 문학 수업 지도안'이야.

다만, 시나 소설 같은 텍스트를 중심으로 하면서도 자연스럽게 그림, 영화, 음악 등을 적극적으로 함께 이야기한 것은, 앞에서 이야기한 것처럼 문학을 좋아하다 보면 자연스럽게 다른 예술 장르에 관심을 갖게 되기도 하지만, 반대로 다른 예술 작품을 접하다가 문학을 좋아하게 되는 경우도 흔하고 또 바람직한 일이기 때문이야. 물론 짧은 시나 그림을 제외하면 지면 사정상 작품 전체를 소개하기는 어려워서, 일단 서로 어떻게 관련지어 읽을 것인지 개인적 경험과 의견을 중심으로 간략하게 소개하는 것으로 큰 틀을 잡았단다. 그래서, '나의 청소년 문학 교과서'라는 부제에서 짐작할 수 있듯이, 일부 선생님의 주관적인 느낌이나 주장으로 비치는 부분이 있을 수도 있어. 단순히 주관적인 느낌이나 주장이라고 지적된 부분은 선생님의 한계로 겸허하게 받아들이고, 이를 넘어선 오류나 편견은 앞으로 계속 수정, 보완하려고 해.

덧붙여, 이 책의 제목 '시를 아는 아이'는 예전에 읽은 릴케의 시("봄은 시를 외는 아이와 같다", 〈오르페우스에게 바치는 소네트〉)에서 힌트를 얻어 지은 거란다. 이 책을 읽는 어린 벗들이 모두 시인이 될 필요는 없지만, 시를 알고 문학을 사랑하는 사람이 되었으면 하는 작은 꿈을 담았단다.

시를 아는 아이를 꿈꾸며, '반걸음 뒤의 선생님' 씀.

2013. 11.

차례

일러두기
1. 한글과 외래어 표기는 국립국어원 표준국어대사전 표기 및 외래어 표기법을 따랐다. 단, 인용문의 경우 인용문의 표기에
맞춰서 표기했다.
2. 단행본, 잡지명은 《 》로, 칼럼, 작품 제목 등은 〈 〉로, 노래 제목은 작은 따옴표로 표기했다.

문학은 정서와 분위기 싸움?

참 이상하지, 우리가 읽은 문학 작품을 다시 기억하려고 할 때 줄거리나 인상적인 구절이 분명하게 떠오를 때도 있지만, 대체로 더 짙고, 오래 남는 것은 오히려 그 작품의 전체적인 정서나 분위기인 경우가 많아. 그래서 한 작품의 정서와 분위기는 사람으로 치면 오랫동안 잊히지 않는 느낌이나 인상 같은 것일지도 몰라.

산 너머 남촌에는 누가 살길래

해마다 봄바람이 남으로 오네

- 김동환, 〈산 너머 남촌에는〉(부분)

〈산 너머 남촌에는〉이라는 시를 아니? 선생님은 청소년 시절부터, 특히 해마다 3월이 되면 이 시가 떠오른단다. 그 시절, 어느 선생님이 잠깐 불러 주었던 같은 제목의 노래와 함께⋯⋯. 이 시는, 새봄이 되어 살갑고 부드럽게 봄바람이 불고 하늘빛이 고운 까닭을, 따뜻한 남쪽에 아름다운 사람이 살고 있어서 그런가 보다 하고 노래한 시야. 그런데 이 시가 더욱 생생하게 내 마음속에 새겨진 것은 아마도 새로 신입생이 된 새봄에 이 시를 처음 만났기 때문인지도 몰라.

무엇보다 선생님은 그때 이 시를 그냥 몸으로 느꼈던 것 같아. 그래, 선생님이 방금 '몸으로'라고 했지? 이렇게 문학 작품의 정서나 분위기는 머리로, 이성적으로 깨달아서 아는 것이라기보다, 가슴으로, 감성적으로 먼저 느끼는 것인지 몰라. 특히 이런 시에서는 말이야. 그래서 20년도 더 전에 배웠던 이 시와, 이 시를 외며 걷던 안개 낀 보리밭의 모습이 내 몸속 어딘가에 '압축 파일'처럼 고스란히 저장되어 있다가 단숨에 떠오르는 것인지도 몰라.

문학 작품에서 정서나 분위기는 투명하고 빛나는 어느 한 구절, 한 문장을 보고 한 번에 느낄 수도 있고, 작품을 끝까지 읽고 난 뒤에 입안에 남는 우리 차 향기처럼 은근히 느껴지는 때도 있어. 그런데 참 이상하지, 우리가 읽은 문학 작품을 다시 기억하려고 할 때 줄거리나 인상적인 구절이 분명하게 떠오를 때도 있지만, 대체로 더 짙고, 오래 남는 것은 오히려 그 작품의 전체적인 정서나 분위기인 경우가 많아. 그래서 한 작품의 정서와 분위기는 사람으로 치면 오랫동안 잊히지 않는 첫 느낌이나 첫인상 같은 것일지도 몰라.

그래서 문학 작품의 한 행, 한 문장을 분명하게 이해하는 것도 중요하지만, 그런 것들이 이어지고 흘러가며 드러나는 빛깔이나 향기, 곧 정서나 분위기를 섬세하게 잘 느끼는 것이 작품을 잘 읽는 더 좋은 방법이라는 생각이 들어.

그렇다고 문학을, 무슨 산을 정복하거나 외국어를 마스터하는 것처럼 공부하려고 하지는 않았으면 해. 그렇다면 어떻게 해야 문학을 알고, 시를 사랑할 수 있을까?

그때 그 나이였어, 시가 내게로 왔어.

—파블로 네루다, 〈시〉(부분)

'사랑과 저항의 시인' 파블로 네루다 Pablo Neruda 1904~1973 는 자기

한테 '시'가 그냥 왔다고 해. 그럼, 이 시인이 태어날 때부터 워낙 특별한 존재여서 그한테만 '시'가 왔다는 걸까? 아마, 꼭 그건 아닐 거야. 삶이 그렇듯 '시'도, 이 세상을 살아가는 사람들 누구에나 한 번은 오고 또 가 버리기도 하는 것은 아닐까?

쉿! 그러니 잘 들어 봐. 어쩌면 그 '시'는 벌써 너를 찾아와서 네 심장의 리듬을 따라 쿵쾅쿵쾅 온몸으로 흘러가기 시작했을지도 모르니까!

시를 아는 아이와 함께 읽기

▶산 너머 남촌에는

산 너머 남촌에는 누가 살길래.
해마다 봄바람이 남으로 오네.

꽃 피는 사월이면 진달래 향기.
밀 익는 오월이면 보리 내음새.

어느 것 한 가진들 실어 안 오리.
남촌서 남풍 불 제 나는 좋데나.

산 너머 남촌에는 누가 살길래.
저 하늘 저 빛깔이 저리 고울까?

금잔디 넓은 벌엔 호랑나비 떼.
버들 밭 실개천엔 종달새 노래.

어느 것 한 가진들 들려 안 오리.
남촌서 남풍 불 제 나는 좋데나.

산 너머 남촌에는 배나무 있고
배나무꽃 아래엔 누가 섰다기,

그리운 생각에 영에 오르니
구름에 가리어 아니 보이나

끊었다 이어 오는 가는 노래
바람에 타고서 고이 들리데.

- 김동환

영嶺: 높은 산의 고개나 마루

🎴 아이의 손바닥

이 시를 쓴 김동환 시인^{1901~?}은 우리나라 최초의 서사시 〈국경의 밤〉으로 잘 알려진 분이야. 일제 강점기에 《삼천리》, 《삼천리 문학》과 같은 잡지를 창간해서 운영하기도 했는데, 부인이기도 한 소설가 최정희^{1912~1990} 선생의 말에 따르면 잡지 운영뿐 아니라 집안의 생계를 꾸리는 데에도 참 서투른 분이었다고 해. 하지만 시인이나 문화 담당자로서 긍지나 자부심만은 아주 컸던 분이었다고 해. 앞에서 이 시와 관련된 인연을 잠깐 이야기하기도 했는데, 중학교 1학년 때 담임 선생님께서 종례를 하기 전에 칠판을 잠깐 보다가 앞 수업 시간에 써 놓은 이 시를 우연히 발견하시고는, 잘 아는 시(노래)라며 즉석에서 '산 너머 남촌에는'이라는 가요를 부르시던 모습이 지금도 또렷이 떠올라.

이렇게 시나 노래는 한순간이나 어떤 시절을 고스란히 되돌려 놓는 '마법'을 부리고는 해.

 어깨 톡톡!
〈산 너머 남촌에는〉처럼 봄과 잘 어울리는 시나 노래에는 또 어떤 것이 있을까?

▶빗방울

빗방울이 개나리 울타리에 솝-솝-솝-솝 떨어진다

빗방울이 어린 모과나무 가지에 롭-롭-롭-롭 떨어진다

빗방울이 무성한 수국 잎에 톱-톱-톱-톱 떨어진다

빗방울이 잔디밭에 홉-홉-홉-홉 떨어진다

빗방울이 현관 앞 강아지 머리에 돕-돕-돕-돕 떨어진다

- 오규원

아이의 손바닥

세상에는 어려운 시와 쉬운 시가 있는 것이 아니라, 다만 좋은 시와 나쁜 시가 있을 뿐이라고 하지? 오규원¹⁹⁴¹~²⁰⁰⁷ 시인의 이 시를 읽으면 먼저 그 말이 떠올라.

시에 관한 한 병적일 만큼 엄격했고, 실험적이고 낯선 시를 많이 쓴 분으로 알려진 시인의 맑고 예쁜 이 시를 발견하고 참 기뻤단다. 왜냐하면, 마침 그때 선생님은 국어 교과서에 쓸 시를 열심

히 찾고 있었는데, 시인의 잘 알려진 다른 작품과 달리 이 작품은 학생들이 쉽고 재미있게 읽으며 시의 아름다움을 느낄 수 있는 작품이라고 생각했었거든. 이 시를 보면, 사물에 대한 섬세한 관찰과 즐거운 말놀이가 간결한 시적 구조와 재미있는 표현 속에 잘 담겨 있지 않니? 하지만 결국 이 시는 교과서에 실리지 못했는데, 그 이유는 결정적으로 이 시가 '해석'을 하기 쉽지 않았기 때문이었어. 너무 '단순'해서 해석하여 가르칠 만한 것이, 그러니까 시험에 출제할 거리가 별로 없어서였어.

재미있지 않니? 학교에서 배우는 교과서에 아름답고 뛰어난 작품들을 다 실을 수 없는 까닭을 알 수 있겠지? 그러니까 늘 '교과서 별' 밖에 있는 드넓은 '문학의 우주'를 잊지 마!

 어깨 톡톡!
빗방울이 떨어지는 소리를 각각 다르게 표현한 까닭이 무엇일까?

▶물고기와 아이들^{1950년대}

-이중섭

🎞️ 아이의 손바닥

화가 이중섭^{1916~1956}은 박수근^{1914~1965}과 함께 한국인이 가장 사랑하는 화가 중 한 사람이야. 아마 가장 잘 알려진 그림은 〈소〉 겠지만 이중섭의 마음결을 제일 잘 느낄 수 있는 것은 이 〈물고 기와 아이들〉을 포함해 가족을 그린 작품일 거야. 잘 알려진 대 로 이중섭은 전쟁 중에 가족과 헤어져 혼자 고달픈 삶을 살며 그 림을 그렸어. 가난과 고독 속에서도 그가 끊임없이 그림을 그릴 수 있었던 것은, 예술에 대한 열정과 함께 아내와 아이들에 대한 그리움과 사랑이었던 것 같아. 그러나 생전에 예술적으로도 크게 인정을 받지 못하고, 가족이 함께 모여 단란한 삶을 오래 누려 보지도 못한 이중섭은, 끝끝내 닿지 못한 자신의 소박한 '이상향'

을 이렇게 예술 작품으로 영원히 남긴 셈이야. 어둠 속의 별처럼, 삶이 어려울수록 작품은 더 빛나는 이런 '예술적 아이러니irony' 를 어떻게 해야 할까?

 아이러니irony

a. 표현의 효과를 높이기 위하여 실제와 반대되는 뜻의 말을 하는 것. '위장'을 뜻하는 그리스어 에이로네이아(eironeia)가 어원임.

b. 흔히 '반어'와 같은 말로 배우지만, 우리가 흔히 쓰는 '아이러니'라는 말은 그보다 훨씬 풍부하고 다양하게 쓰이는 말이야. 반어와 아이러니의 관계처럼, 이 세상에 비슷한 말은 있을지 몰라도 똑같은 말은 없어. 아이러니는, 기본적으로 두 가지(말과 행동, 언어의 겉과 속 등)가 서로 어긋나는 상황이 어떤 진실을 드러내는 것을 뜻해. 어쩌면 아이러니라는 말을 쓸 수 있는 상황 중에 가장 큰 아이러니는, 우리의 삶-언제가 죽게 마련이지만 영원히 살 것처럼 살고 있는-그 자체가 아닐까?

 어깨 톡톡!

이중섭처럼, 생전에 불행했지만 세상을 떠난 후에 크게 유명해진 예술가로는 어떤 사람들이 있을까?

구상 & 이중섭

가난한 화가가 고마운 친구에게 줄 수 있는 것은 그림 한 점뿐일까? 어려운 시절 따뜻한 애정으로 보살펴 준 친구 구상 시인의 단란한 한때를 그린 화가 이중섭의 그림(《구상네 가족》)은 그래서 더 가슴을 뭉클하게 해. 그림 속에서 부럽고 흐뭇한 눈길 너머 그가 그리는 것은 먼 곳에 두고 온 자신의 가족이 아닐까? 누구나 한 아이의 엄마나 아빠가 되면 그 나이 또래 아이만 지나가도 자신의 아이가 겹쳐 떠오르는 법이니까 말이야. 그들처럼 지금 우리도, 때로 힘들 때 저렇게 서로 어깨를 받쳐 주고 손을 잡아 주는 사람들이 있어서 여기까지 온 것은 아닐까?

시를 아는 아이 1-2

시는 메타포?

좋은 비유란 예쁜 말들을 모으는 것이 아니라, 그 사물의 본질이나 진실을 가장 단순하고 적절한 말로 표현하는 것이라는 생각이 들어. 그것은 비유의 원리이면서 또한 사랑하는 사람에게 마음을 잘 표현하는 원리이기도 하다고, 네게 살짝 귀띔해 주고 싶어!

예전에 배운 노래 중에 "푸른 하늘 은하수 하얀 쪽배엔……"으로 시작하는 〈반달〉이라는 동요가 있지? 여기에 '쪽배'라는 말이 있는데, 이 말을 사전에서 찾으면 "통나무를 쪼개어 속을 파서 만든 작은 배"라고 나와 있어. 그런데 이 동요에서 '쪽배'는 강 위에 뜬 실제 배가 아니라 바로 '반달'을 가리키는 말이야. 이렇게 표현하고 싶은 것을 누구나 알고 있는 사물에 빗대어 설명하는 것을 '비유(은유)'라고 해. 영어로는 메타포 metaphor▪라고 하는데, "시는 곧 메타포"라는 말이 있을 정도로 비유는 시나 노래에서 중요하단다.

그대를 한번 여름날에 비유해 볼거나?

- 윌리엄 셰익스피어, 〈소네트〉(18번)(부분)

시인이 아니더라도 누구나 한 번쯤은 아름답거나 멋진 사람(사물)을 보면 '아!' 하는 감탄사와 함께, 좀 더 멋지게 표현하고 싶은 마음이 들 때가 있었을 거야. 물론 백 마디 말보다 '아!' 하는 감탄사로 끝내는 것이 더 적절할 때도 있고, 그림이나 음악으로 표현할 수도 있을 거야. 하지만 다른 수단이 아닌 언어로 표현할 때에 가장 기본적이고 효과적인 것이 바로 이 '비유'라는 거야.

이 시에서처럼 '그대'와 '여름날'이라는 서로 '딴 곳을 바라보던' 두 말을 한 문장 속에 묶어서 표현해 놓으니, 문득 지금까지 한 번도 생각해 보지 않았던 두 단어의 비슷한 점과 다른 점을 생각하게 되면서 어떤 '불꽃이나 울림'이 생겨나지 않니?

물론 모든 노래나 시에 비유가 들어 있는 것은 아니지만, 아름다운 노래나 시 대부분에는 좋은 비유가 있어서 그 작품을 반짝이는 별처럼 새록새록 빛나게 하는 때가 많단다. 다음 시를 읽으며 그런 비유가 어디에 있는지 함께 찾아볼까?

개모밀덩굴

남해 바다에서 만난

개모밀덩굴

기다가 뿌리내리고, 기다가 뿌리내리고

또 기고,

분홍꽃 필 때는 잎도 분홍으로 물들고

분에 심으면

분보다 더 낮은 곳으로 내려와
마루 위로 기면서
뿌리를 못 내려도
베개에 편히 머리를 얹듯이 꽃을 들어올리는
개모밀덩굴.

– 황동규, 〈편한 덩굴〉

  다른 것은 잘 몰라도, 어느 곳에 두어도 잘 자라는 개모밀덩굴
이란 식물의 속성이 '베개를 편히 머리를 얹듯이'라는 짧은 비유
속에 반짝, 잘 나타나 있지 않니?
  덧붙여, 이 시를 보면 좋은 비유란 예쁜 말들을 모으는 것이
아니라, 그 사물의 본질이나 진실을 가장 단순하고 적절한 말로
표현하는 것이라는 생각이 들어. 그것은 비유의 원리이면서 또한
사랑하는 사람에게 마음을 잘 표현하는 원리이기도 하다고, 네게
살짝 귀띔해 주고 싶어!

▶공원

우주 속의 별

지구 속의 파리

파리의 몽수리 공원에서

겨울 햇빛 속 어느 아침

네가 내게 입맞춘

내가 네게 입맞춘

그 영원의 한순간을

다 말하려면

모자라리라

수백만 년 또 수백만 년도.

-자크 프레베르

아이의 손바닥

이 시를 쓴 프랑스 시인 자크 프레베르Jacques Prevert[1900~1977]

는 유명한 샹송 '고엽Les Feuilles Mortes'의 시인으로 유명한데, 이렇게 일상적으로 말하듯이 시를 쓴 사람으로 알려져 있어. 이 시가 실린 시집의 이름이 '시'가 아니라 '말Paroles'이라는 것만 봐도 알 수 있지. 이 시는 마치 '구글 어스Google Earth'로 우주 밖에서 사랑을 속삭이는 두 사람을 보여 주는 것처럼 되어 있지? 이 시를 특별하게 하는 것은 바로 이러한 탁월한 시점 선택인지도 몰라. 공간적으로 큰 것에서 극히 작은 것으로 초점을 모아 한 점(입맞춤)에 이르렀다가 그 점을 시간적으로 짧은 것(영원의 한순간)으로 바꾸고 다시 기나긴 시간(수백만 년 또 수백만 년)으로 늘이는 저 솜씨를 봐. 이런 현란한 확장과 축소, 다시 확장을 통해 시인은 이렇게 말하는 것 같아. 아, 우리의 삶과 사랑이 단순하고 덧없어 보이지만 또 사실은 얼마나 위대하고 영원한 것인지!

 어깨 톡톡!

좋은 시가 반드시 좋은 노랫말이 될 수 있을까?

▶푸르른 날

눈이 부시게 푸르른 날은
그리운 사람을 그리워하자.

저기 저기 저 가을 꽃 자리
초록이 지쳐 단풍 드는데

눈이 내리면 어이 하리야,
봄이 또 오면 어이 하리야.

내가 죽고서 네가 산다면!
네가 죽고서 내가 산다면!

눈이 부시게 푸르른 날은
그리운 사람을 그리워하자.

- 서정주

아이의 손바닥

어린 시절 텔레비전에서 처음 들은 노래 '푸르른 날'(송창식 노래)이 사실은 미당 서정주[1915~2000]의 아름다운 시를 가사로 한 것이라는 것을 알고, 내가 쓴 시가 노래가 되어 불린다면 얼마나 멋질까, 이런 상상을 했던 기억이 나. 아이돌 가수가 되어 멋지게 춤추고 노래하는 것도 좋지만, 내가 쓴 시로 만든 노래가 세상으로 날아가 수많은 사람들의 가슴에 '꽂히는' 것도 가슴 뛰는 일이지 않니? 그런데 이 시가 노래로 만들어져 즐겨 불리고, 시 작품으로도 좋게 평가를 받는 까닭은 무엇일까? 선생님은 이 시가 무엇보다 '단순한 삶의 기쁨'을 노래하고 있어서 좋았던 것 같아. 아름다운 날에는 다른 무엇보다 사랑하는 사람을 생각하는 일이 가장 중요하다는, 그 단순하고 보편적인 진실을 이 시는 아무렇지도 않게 툭, 던지는 거야. 우리가 늘 '그리운 사람'과 함께 '눈이 부시게 푸르른 날'을 살 수 있다면, '그리운 사람을 그리워하'는 일을 내일로, 모레로 얼마든지 미루고 다른 일을 해도 되겠지. 하지만 잠시만 생각해 보면 우리가 모두 이렇게 함께 살아가는 시간은 그렇게 긴 시간이 아니야. 특히 서로 열심히 사랑하고 아끼는 사람들에게는!

 어깨 톡톡!

초록이 지쳐 단풍이 든다는 말을 '과학적으로' 표현하면 어떻게 될까?

▶자고새가 있는 밀밭¹⁸⁸⁷

-빈센트 반 고흐

황금빛 밀밭 위로 자고새(꿩과) 한 마리가 힘차게 날아오른다.

그림에서 초여름의 햇살과 열기, 밀밭 사이로 강하게 때로는 부드
럽게 일렁이는 바람의 감촉이 느껴진다. 심지어 새의 퍼덕이는 날
갯짓 소리까지도.

이 아름다운 풍경화를 그린 화가는 뜻밖에도 광기의 화가로 알려
진 반 고흐다.

고흐가 이런 서정적인 풍경화를 그렸다니. "진짜 고흐 그림 맞아?"
라고 되묻게 된다.

그러나 그림을 자세히 살피면 고흐 화풍의 특징을 발견하게 된다.

소용돌이 붓질, 줄무늬 붓질, 즉흥적이고 짧은 붓질 등 붓놀림이

독특하다. 황금빛 낟알과 파란 하늘, 노란 색조의 그루터기와 초록

색 밀 줄기의 보색 대비라든가 밀밭 사이로 보이는 강렬한 붉은색 점들(양귀비꽃)은 '역시나 고흐!'라는 확신을 갖게 한다. 결정적인 증거물은 밀밭이다.

고흐처럼 밀밭을 자주 그린 화가가 또 있을까?

고흐는 밀의 일생, 농부들이 씨 뿌리고, 재배하고, 수확하고, 노적가리를 쌓아 두기까지의 모든 과정을 풍경화에 담았다. 자살하기 직전에 그린 그림(까마귀 나는 밀밭)도 밀밭에서 그린 것이며 스스로 목숨을 끊은 장소도 밀밭이다.

고흐는 왜 밀밭을 그토록 좋아했을까?

해답은 고흐의 편지가 말해 준다.

'사람이나 밀이나 똑같다는 것을 강하게 느낀다. 땅에 뿌려서 싹을 틔우지 않는다면 무슨 소용이 있겠니? …… 내게 있어 습작을 하는 일은 밭에 파종을 하는 것과 같고 그림을 그리는 일은 수확과도 같다.' 고흐에게 밀밭은 치유의 장소이기도 했다. 세상의 냉대와 가난, 정신병으로 고통을 겪었던 그는 '아내도 자식도 없는 나는 마냥 밀밭을 바라보고 싶을 뿐이다.'라고 편지에 속내를 털어놓았으니 말이다. 그렇다면 비상하는 저 자고새는 고흐 자신이리라. 밀밭은 상처 입은 고흐의 영혼이 돌아갈 둥지였으리라. 그래서 밀밭 사이로 부는 바람 소리까지도 사랑했던 것이리라.

-이명옥

생전에 자기 그림을 단 한 점밖에 팔아 본 적이 없지만, 빈센트 반 고흐Vincent Willem van Gogh[1853~1890]는 비교적 짧은 기간 동안 끊임없이 작품을 생산했어. 남긴 작품 수가 많은 만큼 〈자화상〉[1887], 〈해바라기〉[1888], 〈별이 빛나는 밤〉[1889], 〈까마귀가 나는 밀밭〉[1890] 등 그의 작품 세계를 대표할 수 있는 그림도 많아. 하지만 널리 알려진 화가의 전시회에서 우연히 만난 작고 예쁜 소품 같은 작품에 더 눈길이 갈 때가 있듯이, 선생님은 신문의 한 귀퉁이에 글과 함께 실린 이 그림에 한동안 눈길이 머물렀어.

이 그림은 구름이 잔잔히 깔린 초여름 하늘 아래 부드러운 바람이 불고 새가 나는 밀밭을 그린 작품이야. 고흐 특유의 색채나 붓질을 제외하면 얼핏 고흐가 그린 그림이라고 단번에 알아채기가 쉽지 않을 만큼 평화로운 분위기의 작품이야. 그런데 이 그림을 신문에 소개한 사비나미술관장(이명옥)처럼, '비상하는 저 자고새는 고흐 자신'이고 '밀밭은 상처 입은 고흐의 영혼이 돌아갈 둥지'라는 흥미로운 메타포를 찾아낼 수도 있어. 어떤 그림은 이렇게 그냥 '보지 않고 읽으면' 더 재미있게 감상할 수 있어.

어깨 톡톡!

고흐의 다른 작품 〈까마귀가 있는 밀밭〉을 이 그림과 비교해 보고, 이 작품에 얽힌 뒷이야기도 한번 찾아볼까?

서정주 & 고은

고은 시인은 자신의 스승 미당 서정주에 대해 "남쪽의 시인이
여/어찌 국화 따위만을 헛되이 노래하느냐"(《국화》)라고 노래한
적이 있어. 그런데 이렇게 한 사람을 비판하려고 해도 그 사람
에 대해서 이야기하지 않으면 안 되는 것이 세상의 이치일까?
그만큼 우리 문학사에서 미당은 큰 빛이자 그림자이기 때문에
그를 따르든, 넘어서려고 하든 먼저 그에 대해서 이야기하는 수
밖에 없어. 요절하거나 단명하여 겨우 시집 한 권 남기고 세상
을 떠난 시인이 즐비한 가운데 단연 두 사람은 작품의 양이나
질로 그 누구도 따를 수 없는 경지를 열었고 또 열고 있어. 가
수로 치면 비틀스나 조용필처럼 길이 남을 명반을 수도 없이 가
졌다고 할까? 서로 길은 달라도 미당은, 감히 자기 어깨를 짚고
넘어서려는 이 기특한(?) 제자를 저세상에서 '괜찮다, 괜찮다,
괜찮다, 괜찮다' 이렇게 그윽한 눈길로 바라보고 있지 있을까?

갈등은 이야기의 힘?

우리의 삶을 비극 또는 희극으로 극단적
으로 나눌 수 없듯이 갈등도 두 가지로만
나눌 수 없다는 생각이 들어. 외부의 사소
한 어떤 일이 내 마음속에 갈등의 씨앗이
되고, 내 마음의 상처가 다른 사람에게 갈
등의 불씨가 될 수 있으니까 말이야.

"인생은 가까이에서 보면 비극이지만 멀리서 보면 희극"이라고 한 것은 영화배우 찰리 채플린[1889~1977]이었던가? 사람은 누구나 행복한 삶을 꿈꾸지만 '아홉 살' 정도만 살아도 사는 게 그렇게 마음먹은 대로 굴러가지만은 않는다는 사실을 알게 되지 않니? 아직도 삶의 한복판에서 살아가고 있는 자신의 삶을 두고 비극이니 희극이니 말하는 것은 조금은 섣부른 일이지만, 편리하게도 우리에게는 문학이라는, 우리 삶의 멋진 '거울'이 있지?

어떤 사람은, 우리 삶의 과정을 단순화해서 'B-C-D, 즉 태어남[Birth]과 죽음[Death] 사이의 끊임없는 선택[Choice]'이라고 표현했단다. 정말 우리는 살아가면서 여러 가지 쉽고 어려운 선택을 하면서 살아가는 듯해. 음식 메뉴에서부터 진로나 사랑에 이르기까지……. 이런 몇 가지 예만 봐도 알 수 있지만 어떤 것을 선택하는 데에는 고민과 갈등이 있게 마련이야. 이런 갈등은 문학, 특히 이야기가 중심이 되는 소설이나 희곡, 시나리오에 잘 나타나.

우리가 거의 매일 보는 텔레비전 드라마를 한번 떠올려 봐. 매일매일 크거나 작은 사건이 터지고 풀기 어려운 갈등이 생기지 않니? 때로는 그런 사건이나 갈등이 너무 터무니없어서 '막장 드라마'라는 말도 있지만, 그런 갈등이나 사건이 없다면 드라마도 존재하지 않을 거야.

그런데 이 갈등을 찬찬히 살펴보면, '나와 세상의 싸움'도 있고 '내 마음속의 싸움'도 있는 듯해. 에리히 케스트너Erich Kastner1899~1974의 소설 〈하늘을 나는 교실〉에서 친구들에게 자신의 용기를 증명하기 위해 높은 철봉대 위에서 뛰어내리는 귀여운 꼬마 '울리'를 보면 앞의 갈등이 생각나고, 집안 형편이 어려워 크리스마스에 집을 돌아갈 여비를 보내 줄 수 없다는 엄마의 편지를 받고 마음속으로 '울지 말자!'고 말하면서 어쩔 수 없이 슬픔에 빠지는 '마르틴'을 보면 뒤의 갈등이 떠올라.

하지만 우리의 삶을 비극 또는 희극으로 극단적으로 나눌 수 없듯이 갈등도 이 두 가지로만 나눌 수 없다는 생각이 들어. 외부의 사소한 어떤 일이 내 마음속에 갈등의 씨앗이 되고, 내 마음의 상처가 다른 사람에게 갈등의 불씨가 될 수 있으니까 말이야.

삶도, 문학도 그것을 가장 잘 이해하는 방법은 결국 부분이 아니라 전체로 보는 것이라고 생각해. 그런 눈으로 오랫동안 사람과 세상을 보는 것, 그런 게 결국 누군가를, 무언가를 사랑하는 가장 좋은 방법 아닐까?

▶ 홍당무

1894년에 발표된 프랑스의 시인이자 극작가인 쥘 르나르의 자전적
인 성장 이야기. 자식에게 무관심한 아버지, 신경질적인 어머니 그
리고 자신을 괴롭히는 형과 누나까지 제각기 자신의 삶에만 몰두
하고 있는 이기적인 가족에게 상처받는 아이의 모습을 담았다.

-쥘 르나르

아이의 손바닥

　이 소설은 '홍당무'라는 별명을 가진 장난꾸러기 주인공이 엄
마에게서 사랑받지 못해 외로움을 느끼지만, 아빠도 같은 처지라
는 것을 알고 연민을 느끼면서 정신적으로 성숙하게 된다는 이야
기야. 특별한 사건은 없지만, 일상생활의 소소한 에피소드들이 익
살스럽고 재치 있는 심리 묘사 속에 누구나 공감할 수 있게 잘
그려져 있어. 그런데 이 작품의 작가 쥘 르나르Jules Renard[1864~1910]
는 어떻게 그 나이 또래에 꼭 맞는 눈높이에서 본 것처럼 잘 표현
할 수 있는지 모르겠어. 대부분 어른들은 나이가 들면서 너무나

쉽게 자기 속의 '그 아이'를 잃어버리고 처음부터 어른이었던 것처럼 살아가는데 말이야.

 어깨 톡톡!
'홍당무'처럼, 문학 작품에 나오는 인물의 재미있는 별명에는 어떤 것이 있을까?

▶청혼

1889년에 러시아의 작가 안톤 체호프가 발표한 단막극. 젊은 지주 이반 로모프가 이웃한 지주 스테판 추부코프의 딸 나탈리야 스테파노브나에게 청혼하러 왔다가 벌어지는 사건을 희극적으로 그려 낸 작품이다.

-안톤 체호프

아이의 손바닥

소설과 달리 희곡은, 기본적으로 읽기 위한 문학이 아니라 연극으로 표현하기 위한 바탕 자료의 성격이 강하기 때문에, 그 작품을 무대에 올린 연극을 직접 보는 것이 더 나을지 몰라. 하지만 어쨌든 언어로 된 대사가 작품을 이끄는 핵심이기 때문에 무대의 상황을 적극적으로 상상하며 읽으면 소설과는 또 다른 '읽는 재미'를 주기도 해. 〈청혼〉은 〈갈매기〉나 〈벚꽃 동산〉 같은 체호프의 다른 유명한 작품과 달리 갈등 상황이 단순하면서도 유쾌해서 예쁜 소품같이 보관해 두고 싶은 작품이야. 러시아의 어느 서툰 시골 귀족이 이웃 귀족의 딸에게 청혼하러 갔다가 우연한 말실수로 갈등을 빚지만 우여곡절 끝에 모든 것이 다 좋게 끝난다는 내용이 전부야. 선생님처럼, 어느 나른한 일요일 오후에, 서로 다른 성격의 두 주인공이 처음에는 티격태격하다가 조금씩 서로를 이해하고 사랑을 이루는 유쾌한 '로맨틱 코미디' 영화 한 편을 재미있게 본 느낌을 맛볼 수 있을 거야.

 어깨 톡톡!

희곡은, 글로 먼저 읽는 것이 좋을까, 연극으로 먼저 보는 것이 좋을까?

▶유브 갓 메일¹⁹⁹⁸

- 노라 에프론

아이의 손바닥

갈등을 '이야기의 엔진'으로 삼는 점에서는 영화, 특히 로맨틱
코미디 영화도 소설이나 연극에 지지 않을 거야. 그런 면에서, 당
시 유행하던 컴퓨터 통신을 소재로 남녀 간의 사랑을 그린 영화
〈유브 갓 메일〉¹⁹⁹⁸도 마찬가지야. 이 영화는 영화사에 남을 정도
의 걸작은 아니지만, 두 주인공의 유쾌한 호흡 속에, 남녀 간의
사랑뿐 아니라 사라지는 것들과 일상적인 삶에 대한 애정을 잘
담아낸 작품이야.

〈시애틀의 잠 못 이루는 밤〉¹⁹⁹³이라는 영화로도 유명한 여성

감독 노라 에프론[1941~2012]은 이 리메이크remake[*] 영화에서 '서로 개성이 다른 두 남녀의 만남과 사랑'이라는 로맨틱 코미디 영화의 공식을 충실히 따르면서도, 재치 있는 대사와 유머, 풍자를 버무려 자신만의 새로

리메이크 remake

a. 예전에 있던 영화, 음악, 드라마 따위를 새롭게 다시 만듦.
b. 리메이크란 단순히 예전에 있던 작품을 새롭게 포장해서 내놓은 것은 아닐 거야. 예전에 본 영화, 음악, 드라마에서 새로운 면을 발견하고 그걸 함께 이야기하고 싶을 때 만드는 것이 리메이크 작품일 거야. 한 작품의 의미나 해석은 늘 보는 사람, 시간이나 세상의 변화에 따라 다양하고 풍부해진다고 할 때, 어떤 작품도 새로운 리메이크의 가능성이 열려 있어.

운 영화를 만들어 내고 있어. 특히 영화 〈대부〉로 대표되는 남성적인 세계와 소설 〈오만과 편견〉으로 상징되는 여성적인 취향의 부딪힘, 상업주의로 무장한 대형 서점 '폭스 문고'와 이에 밀려 사라져 가는 추억의 동네 책방 '길모퉁이 서점'의 대립과 갈등을 두 주인공의 각기 다른 소소한 일상과 계절의 변화 속에서 잔잔하게 그리고 있어. 그런데 어느덧 세월은 흘러 이제는 대형 서점도 인터넷 서점과 전자책이라는 새로운 강자를 만나 힘겨운 싸움을 벌이고 있으니, 영원히 존재하는 것은 서점도 책도 아닌 그저 '이야기'뿐일까?

 어깨 톡톡!

〈유브 갓 메일〉처럼 예전에 있던 영화를 새롭게 다시 만든 영화를 떠올려 보고, 이 중에서 성공작이나 실패작을 한번 찾아볼까?

알렉산드르 푸시킨 & 표트르 차이콥스키

왜 러시아가 '사랑하고 자랑하는' 시인 푸시킨의 시를 음악으로 만들지 않느냐고 물었을 때, 작곡가 차이콥스키는 이렇게 대답했다고 해. "푸시킨의 시는 그 자체로 음악." 뛰어난 작곡가가 보기에도, 그만큼 푸시킨의 시가 훌륭한 음악처럼 완벽한 조화와 균형을 갖추었기 때문일 거야. 푸시킨, 괴테, 위고처럼 한 나라를 대표하는 문호들은 단순히 뛰어난 작품을 남긴 것을 뛰어넘어 그 삶 자체가 후배들의 삶과 작품에 끊임없이 영감을 주는 듯해. 특히 푸시킨은 에티오피아 혈통에서 유래한 이국적인 외모, 문학적으로 조숙하고 재기 발랄하던 어린 시절, 열정적으로 사랑을 구하면서 또 한편으로 지속적으로 겪어야 했던 차르(황제)와의 불화, 그리고 연적과의 결투로 인한 갑작스럽고 때이른 죽음……. 그래서 지금도 러시아 사람들에게 푸시킨은 그냥 푸시킨이 아니라 '아, 푸시킨!' 이렇게 불리는 것일까?

나폴레옹의 물 먹은 장화?

사소한 사건이나 개인적인 시각은, 대부분 객관적이고 공식적인 역사로는 기록되거나 채택되지 않는 것들이야. 하지만 객관적 사실이나 일반적 관점도 중요하지만, 결국 역사에서 더 중요한 것은 그 너머의 진실이 아닐까?

러시아가 겪은 '나폴레옹전쟁*'을 다룬 톨스토이Lev Nikolaevich Tolstoy¹⁸²⁸~¹⁹¹⁰의 소설 〈전쟁과 평화〉에 대해 들어 본 적 있니? 이 소설이 도스토옙스키Fyodor Mikhailovich Dostoevsky¹⁸²¹~¹⁸⁸¹와 더불어 19세기 러시아 소설을 대표하는 작가 톨스토이의 대표작이라는 것은 누구나 알지만, 정작 실제로 이 책을 읽은 사람은 그렇게 많지 않을지 몰라. 빅토르 위고Victor Marie Hugo¹⁸⁰²~¹⁸⁸⁵의 〈레미제라블〉처럼, 최근에 큰 인기를 모은 영화의 원작 소설로서 바람을 타고 많이 읽히는 경우도 가끔 있지만, '두꺼운' 고전 작품은 널리 읽히기가 쉽지는 않아. 하지만 그런 책들을 다 읽었을 때의 기쁨은 짧고 예쁜 단편 소설을 읽었을 때의 깔끔한 느낌과는 또 다른 묵직한 쾌감이 있는 듯해.

특히 어떤 책은, 그 책에서 얻은 지식이나 감동 이전에 그 책을 읽었다는 경험 자체로 큰 만족감을 주는 책이 있는데, 선생님에게 그 첫머리에 떠오르는 책이 바로 〈전쟁과 평화〉야. 잡지처럼 큰 종이 사이즈에, 성서처럼 2단column으로 촘촘하게 글자가 박혀 있던 그 책의 겉모습은, 그 자체로 〈전쟁과 평화〉가 담고 있는 역사적 사건의 무게와 러시아 평원의 광활함, 그리고 위대

🎮 **나폴레옹전쟁**

a. 나폴레옹 시대에, 프랑스가 유럽 각국과 싸운 전쟁을 통틀어 이르는 말.
b. 소설 〈레미제라블〉에는 나폴레옹전쟁의 물줄기가 바뀐 워털루 전쟁에 대한 생생한 묘사가 나와. 전쟁의 역사에서 그 이름에다가 한 사람의 이름을 붙이는 경우는 일명 〈한니발 전쟁〉이라고 불리는 로마와 카르타고 간의 제2차 포에니 전쟁 외에는 없는 것 같아.

한 작가의 정신의 깊이를 그대로 보여 주는 듯했거든.

이렇게 압도적인 깊이와 넓이를 지닌 이 소설은 1812년 당시 러시아 전체를 뒤흔든 '나폴레옹전쟁'(러시아인들은 '조국 전쟁'이라고도 부름)을 러시아인의 관점에서 그린 소설이야. 그런데 나폴레옹전쟁과 관련된 역사적 사실을 알고 싶으면 그와 관련된 역사책을 읽는 것이 더 좋을 텐데, 사람들은 왜 오랜 세월 이 작품을 역사책과 별개로 즐겨 읽어 온 걸까?

사실, 시간의 흐름에 따라 겪은 다양한 사건을 기록한 것을 역사history라고 한다면, 실제 일어난 사건을 소재로 한 서사시나 소설은 역사책과 비슷한 점이 많아. 먼저 둘 다 다양한 인물이 등장하고, 구체적인 사건이 일어나 전개되며, 글쓴이의 생각이 어느 정도 반영되어 있기 때문이야. 즉, 결국 둘 다 사람들의 '이야기story'를 조금 다른 방식으로 쓴 거라고 할 수 있어.

하지만 역사책과, 역사를 다룬 문학 작품에는 본질적으로 큰 차이점이 있어. 둘 다 기본적으로는 실제 일어난 사건을 다루기는 하지만 이를 다루는 방식은 전혀 달라. 다시 소설 〈전쟁과 평화〉를 보면 나폴레옹이 러시아를 공격하는 날 아침의 상황이나 인물의 생각이 구체적으로 나와. 예를 들어, 나폴레옹은 러시아 원정 중 혹독하게 추운 날씨에 장화에는 물까지 차서 감기 몸살에 시달렸고, 이로 인해 건강 상태가 나빠진 것이 러시아 정복 실패의 원인 중 하나로 그려져 있어. 동시에 러시아가 승리한 것도 군사력에 의한 것이 아니라 그저 프랑스군이 광대한 러시아 영토에 너무 깊이 들어가 스스로 지친 탓에 원정을 포기한 것뿐이라는 톨스토이 특유의 시각이 곳곳에 드러나 있어.

그런데 이렇게 사소한 사건이나 개인적인 시각은, 대부분 객관적이고 공식적인 역사로는 기록되거나 채택되지 않는 것들이야. 하지만 객관적 사실이나 일반적 관점도 중요하지만, 결국 역사에서 더 중요한 것은 그 너머의 진실이 아닐까? 우리에게 정말 중요한 것은, 단순히 과거의 '역사를' 아는 것이 아니라 과거의 '역사에서' 현재와 미래에 던지는 진실의 빛을 찾는 것이니까!

▶ 서정시를 쓰기 힘든 시대

나도 안다, 행복한 자만이
사랑받고 있음을. 그의 음성은
듣기 좋고, 그의 얼굴은 잘생겼다.

마당의 구부러진 나무가
토질 나쁜 땅을 가리키고 있다. 그러나
지나가는 사람들은 으레 나무를
못생겼다 욕한다.

해협의 산뜻한 보트와 즐거운 돛단배들이
내게는 보이지 않는다. 내게는 무엇보다도
어부들의 찢어진 어망이 눈에 띌 뿐이다.
왜 나는 자꾸
40대의 소작인 처가 허리를 꼬부리고 걸어가는 것만 이야기
하는가?

처녀들의 젖가슴은
예나 이제나 따스한데

나의 시에 운을 맞춘다면 그것은
내게 거의 오만처럼 생각된다.

꽃피는 사과나무에 대한 감동과
엉터리 화가에 대한 경악이
나의 가슴속에서 다투고 있다.
그러나 바로 두 번째 것이
나로 하여금 시를 쓰게 한다.

－베르톨트 브레히트

엉터리 화가: 아돌프 히틀러. 젊은 시절 히틀러는 미술학교를 지망했다 떨어진 아
    마추어 화가였다.

아이의 손바닥

위대한 시인 중에는 이런 시를 하나씩 가지고 있는 경우가 많
은데, 말하자면 이 시는 '시로 쓴 시론'이야. 베르톨트 브레히트
Bertolt Brecht[1898~1956]는 20세기 독일의 대표적인 극작가, 시인으로
나치 지배 기간 망명 생활을 계속하며 저항한 사회주의자야. 혼

란스럽고 끔찍한 광기의 시대를 온몸으로 산 시인은, 더 이상 자연과 인간을 찬미하는 시를 쓰지 못하고, 참혹한 현실에 대해 고발하고 저항하는 시만을 쓸 수 있다고 노래해. 그것이 다른 사람들 대신 '살아남은 자'의 마지막 의무라는 듯이······.

그의 삶과 시대를 고려하면 브레히트의 고뇌는 충분히 공감할 수 있지만, 고발과 저항의 시만이 진정한 시라는 생각에는 여러 가지 다른 의견이 있을 수 있어. 그 말은 시가 노래할 수 있는 부분의 절반 이상을 스스로 포기한다는 말과 같으니까 말이야. "불의에 대한 분노도 목소리를 쉬게 한다"(〈후손들에게〉 중에서)는 말로 정당한 고발과 저항에도 늘 자기 성찰이 뒤따라야 한다고 생각한 브레히트니까, 야만적인 시대를 그만큼 철저하게 살고자 한 다짐 같은 것은 아니었을까. 그래야 뒤에 올 선량한 사람들이 마음껏 '꽃 피는 사과나무에 대한 감동'을 노래할 수 있을 테니까!

 어깨 톡톡!

브레히트의 대표작 〈살아남은 자의 슬픔〉처럼, 제목 자체가 인상적이어서 즐겨 패러디되는 작품에는 어떤 것들이 있을까?

▶바람과 함께 사라지다

마거릿 미첼의 대표작이자 유일한 작품이다. 남북전쟁을 배경으
로 조지아의 붉은 흙의 전통과 남부인의 피를 이어받은 주인공 스
칼릿 오하라가 전통과 비전통 사이에서 갈등하며 사랑을 통해 삶
의 복합성을 터득해 가며 자신이 익숙했던 '살아 있는 전통'이 결국
'죽어 버린 전통'에 지나지 않음을 깨닫게 되는 내용을 담고 있다.

-마거릿 미첼

🎞️ 아이의 손바닥

〈바람과 함께 사라지다〉는 1936년 미국 남부 애틀랜타 출신의
마거릿 미첼Margaret Mitchell[1900~1949]이 남북전쟁을 패배자인 남부
의 시각으로 그린 작품이야. 그래서 우리가 세계사 수업에서 배
우는 것과 조금 다른 관점을 볼 수 있다는 것도 이 소설과 이를
스크린으로 옮긴 영화의 흥미로운 부분이기도 해. 예를 들어, 링
컨 대통령의 '노예 해방 선언'[1863]이 모두에게 반드시 좋은 일만은
아니었다는 거야. 링컨 대통령은 단순히 흑인 노예의 인권을 개선
하기 위해 선언을 했다기보다, 남북 대립 상황에서 여론을 유리하
게 이끌고, 흑인들을 남부의 농장 대신 북부의 공장에서 싼값으
로 일하게 하려는 의도도 있었다고 해. 이것은 흑인들이 백인과

동등하게 정치적 권리를 행사하기 시작한 것이 1960년대 마틴 루서 킹Martin Luther King Jr[1929~1968] 목사가 주도한 '흑인 민권운동' 이후라는 점만 봐도 알 수 있어.

아무튼 〈바람과 함께 사라지다〉에는 남북전쟁 당시 남부의 모습이 잘 그려져 있는데, 미첼이 그토록 아쉽게도 '바람과 함께 사라진' 것은 다름 아닌 흑인 노예를 바탕으로 한 '남부 문명'이라는 거야. 흑인 노예에게는 어떨지 몰라도, 남부 백인인 미첼에게 당시 남부는 미풍양속과 신사도가 살아 있는 아름다운 이상향이었다는 거지. 이렇게 현실이나 역사는 보는 관점에 따라 전혀 다르게 볼 수 있어. 우리가 보는 대로 모두 믿지 않고 늘 스스로 질문을 던져야 하는 이유가 여기에 있어.

 어깨 톡톡!

영화 〈바람과 함께 사라지다〉(빅터 플레밍)[1939]에 나오는 유명한 말 "내일은 내일의 태양이 뜰 거야Think Tommorow, tommorow is another day."처럼, 영화 속 명대사에는 어떤 것들이 있을까?

▶나무와 두 여인1962

-박수근

📦 아이의 손바닥

이중섭과 더불어 '국민 화가'로 불리는 이 지극히 한국적인 화가의 그림들은 거친 화강암 위에 그린 듯한 재질감과 더불어 서민적이고 따뜻한 분위기 때문에 누가 보아도 그 그린 사람을 단박에 알 수 있어. 특히 이 그림은, 6·25전쟁 중의 개인적 인연으로 인해 작가 박완서의 데뷔작 〈나목〉의 모티프(창작 동기)"가 되기도 한, 박수근의 대표작이야.

저 그림 한가운데에 잎을 다 떨어뜨리고 빈 가지로 우뚝 서 있는 겨울 나무와 그 아래 머리에 뭔가를 이고 또 아이를 업고 있는 두 여인의 쓸쓸하면서도 따뜻한 모습을 봐. 나라 없는 시절과 끔찍한 전쟁 등 모두가 어렵고 힘들었던 시절을 견디어 낸 힘은 바로 저 듬직한 나무 속에서, 저 말 없는 여인들 속에서 찾은 우리 겨레의 타고난 생명력이라고, 그렇게 이야기하는 것 같지 않니?

 모티프motif

a. 회화, 조각, 소설 따위의 예술 작품을 표현하는 동기가 된 작가의 중심 사상.
b. 선생님이 모티프(동기)라는 말을 처음 들은 것은 아마 초등학교 음악 시간이 었던 것 같아. 오선지에서 첫 두 마디를 그렇게 부르지 않니? 그처럼 모티프란 예술가들에게 처음에 섬광처럼 번득이 는 최초의 영감 같은 것이 아닐까? 그리고는 그 영감을 이어받아 오랜 시간 공을 들여 하나의 작품으로 만드는 거야. 시인들은 흔히 이렇게 이야기해. 시의 첫 구절은 하늘에서 온다고 말이야. '세잔 노인'은 죽기 직전까지 자신의 마지막 모티프인 생트 빅투아르 산을 끊임없이 찾아갔고…….

 어깨 톡톡!

화가 박수근과 소설가 박완서처럼, 두 예술가의 인연이 작품 세계에 영향을 준 예로는 또 어떤 것이 있을까?

위대한 작가보다 멋진 독자!

호르헤 루이스 보르헤스Jorge Luis Borges^{1899~1986}라는 아르헨티나 작가가 있었어. 유전적인 요인과 엄청난 독서로 인해 중년에 접어들면서 천천히 저무는 노을처럼 눈이 멀어 가던 그 시점에 그는 국립도서관의 관장이 되었어. 그는 이런 안타까운 상황을 〈축복의 시〉라는 제목을 붙여 이렇게 표현했어. "책과 밤을 동시에 주신 / 신의 경이로운 아이러니." 독창적인 소설과 시로 20세기의 문학과 철학, 예술에 깊은 영향을 끼친 이 작가는 어느 인터뷰에서, 책 읽기를 너무 좋아한 나머지 자신이 그냥 좋은 독자로 남았더라면 더 행복했을 것이라고 말한 적이 있어.

프랑스의 한 영화감독은 영화를 사랑하는 방법을 3단계로 나누면, 첫째는 영화를 보고, 둘째는 영화에 대해 글을 쓰고, 셋째 영화를 만드는 것이라고 했는데, 책을 읽거나 쓰는 것도 똑같이 나눌 수 있어. 하지만 반드시 세 가지를 순서대로 다 해야 참된 행복을 느낄 수 있다는 뜻은 아닐 거야.

책도, 기본적으로는 먼저 읽는 행복을 아는 것이 중요한 것이 아닐까? 그럼 어떻게 시작해야 할까? 물론 '정답'은 아닐지 모르지만 선생님의 방법은 이런 거였어.

알베르 카뮈Albert Camus[1913~1960]란 프랑스 작가가 있지? '태양 때문에 사람을 죽였다'는 말로 유명한 소설 〈이방인〉의 작가로 널리 알려진 사람이야. 선생님도 처음에는 그저 심각한 소설을 쓴 외국 작가 정도로 알았는데, 우연히 누군가 읽다 던져 둔 장 그르니에Jean Grenier[1898~1971]가 쓴 〈섬〉이라는 조금 독특한 에세이를 읽게 됐어. 그런데 그 에세이의 저자가 다름 아닌 카뮈의 젊은 시절 스승인 거야. 그 책 속에는 카뮈가 존경하는 스승에게 바친 유명한 서문이 있었는데, 그 글이 그르니에의 〈섬〉만큼 아름다운 거야.

"이 책을 처음 읽었을 때 내 나이는 스무 살이었다"라는 문장으로 시작되는 카뮈의 서문은 나만의 방식으로 비유하면, 마치 영화 〈시네마 천국〉(주세페 토르나토레)[1998]의 주제음악을 듣는 듯한 마법적인 글이었어. 그래서 그 후 선생님은 카뮈의 글을 찾아 읽기 시작했어. 먼저 〈이방인〉, 〈페스트〉, 〈시시포스의 신화〉……. 그러다가 카뮈의 젊은 시절 에세이인 〈안과 겉〉과 〈결혼 / 여름〉을 알게 됐어. 스물 몇 살의 카뮈가 태양과 바다, 가난과 어머니의 세계를 솔직하고 열정적이면서도 투명한 문체(스타일)* 속에 그대로 담은 작품들이야. 선생님은 젊은 시절에 아름답고 정다운 '친구'를 만난 거야. 연극배우이기도 했던 카뮈가 트렌치코트를 멋있게 입은 모습과 같은 이미지까지 좋아했어.

선생님처럼, 모든 작가를 팬으로서 좋아하는 것이 꼭 바람직한 것만은 아닐 거야. 한 가수나 배우를 열렬히 지지하는 '사생팬'처럼 무언가에 지나치게 빠져 절대적으로 이상화하는 것이 늘 좋은 '사랑법'은 아니니까. 그러나 카뮈 식으로 말하면, "사랑한다면 껴안는 방법이 조금 서투른들 어떠랴!"

'좋은 독자'가 되는 길의 처음은 그렇게 시작해도 괜찮지 않을까?

🔖 문체(스타일)

a. 문장의 개성적 특색.
b. 소설의 3요소라고 하는 주제, 구성, 문체(스타일) 중에 물론 중요하지 않은 것이 없지만, 그중에 하나를 꼽으라면 선생님은 문체를 꼽고 싶어. 주제나 구성은 작품을 다 읽고 난 후에야 파악되는 것들이지만, 문체는 첫 몇 문장을 읽자마자 알 수 있고 또 읽는 동안 끊임없이 느껴지는 것이니까 말이야. 왜냐하면, 문체는 작품의 목소리나 태도 그러니까 작가나 인물 그 자체여서 그래. 그만큼 작품의 문체는 중요한데, 우리는 흔히 구어체인지 문어체인지 혹은 강건체인지 우유체인지만 파악하면 그 작품의 문체를 알았다고 생각해. 단언컨대, 한 작품의 문체는 세상에서 오직 하나뿐이야. 한 사람의 목소리가 이 세상에서 단 하나뿐이듯이 말이야.

아름다움은 알아줄 만한 것?

예술이나 문학이 아름다움으로 세상에 말
을 거는 방식은 그런 거야. 강요하지도 다
그치지도 않고 나란히 걸어가면서, 다만 무
심한 듯이 어떤 사람, 아름다운 풍경, 새로
운 세상에 대해서 계속 이야기하는 거야.

"아름다움이 세상을 구하리라"라는 멋진 말을 한 사람은 러시아의 소설가 도스토옙스키였지? 무엇보다 예술가였기 때문에 도스토옙스키는 진리(학문)나 사랑(종교)보다 아름다움(예술)이 더 중요하다고 생각한 것은 아닐까?

그런데 '아름다움'이 무얼까? 단어의 뜻을 아는 것이 전부는 아니지만 그래도 먼저 우리말 '아름답다'의 어원을 찾아보면, '좋거나 훌륭해서 알아줄 만하다'는 뜻이라고 해. 그래서 비슷한 말 같지만, 단순히 보기에 좋다는 뜻의 '예쁘다'와 '아름답다'는 말은 분명히 다른 말이야. '좋아하다like'와 '사랑하다love'가 서로 다르듯이 말이야.

어린 시절, 한 번쯤 읽어 봤을 동화 중에 오스카 와일드Oscar Wilde[1854~1900]의 〈행복한 왕자〉라는 작품이 있지? 어느 겨울, 광장의 높이 솟은 기둥 위에 화려한 보석들로 치장한 '행복한 왕자 동상'이 따뜻한 나라로 가지 못한 제비와 함께 도시의 곳곳에서 비참한 삶을 살고 있던 사람들을, 자기 몸을 떼어 도와준다는 이야기야. 이 작품의 마지막에 보면 하느님이 천사에게 도시에서 가장 귀한 것 두 가지를 가지고 오라고 하자, 행복한 왕자의 쪼개진 심장과 죽은 제비를 가져가 바쳤다고 하지. 그런데 이 작품을 연극이나 영화로 본다면 첫 부분에서 '행복한 왕자'의 빛나던 모습이 점점 더 흉하게 바뀌어 가는 모습을 지켜보게 될 거야. 하지만

'행복한 왕자'의 마음은 반대로 점점 더 아름답게 느껴지지. 이처럼 예술이나 문학 작품에서 말하는 아름다움은 사람의 마음을 움직이고 또 맑게 해 주는 힘 같은 거야.

여기 정말 짧은 시를 한 편 볼까?

내려갈 때 보았네,
올라갈 때 보지 못한
그 꽃

— 고은, 〈그 꽃〉

참 간단한 시지? 그런데 다시 한 번 읽어 보면 여기서 '그 꽃'이 무엇을 가리키는지 스스로 자꾸 물어보게 돼. '그 꽃'이 뭐냐고? 시에 드러난 것으로 보면, 우선 살아가면서 모르고 지나친 소중한 어떤 것 정도로 볼 수 있을 거야. 하지만 정답은 없어. 그래서 자꾸 뭔가 상상하게 해 주지? 시인은 모르는 척, 사람들에게 이렇게 던져 놓고서 저마다의 '그 꽃'을 찾아보기를 마음속으로 바라는 것인지도 몰라.

예술이나 문학이 아름다움으로 세상에 말을 거는 방식은 그런 거야. 강요하지도 다그치지도 않고 나란히 걸어가면서, 다만 무심한 듯이 어떤 사람, 아름다운 풍경, 새로운 세상에 대해서 계속

이야기하는 거야. 비록 느리고 더디지만, 또한 이것이 바로 도스토옙스키가 말한 '아름다움이 세상을 구하는' 방식이기도 할 거야!

▶비 오시는 날

이리도 차분히 비 오는 날은
충청도라 중복산 그 너머 산골
맑디맑은 냇물에 쉬어서 노는
물고기들 정말로 호젓할 거야.

그것일랑 우두커니 굽어다보는
낙락장송 소나무도 호젓할 거야.
그러니까 우리들도 마지못해서
콩이나 보리라도 볶아서 먹네.

– 서정주

 아이의 손바닥

'텅 빈 아름다움'이란 이런 걸까. 시인은 갑자기 시의 무대를 낯선 충청도 산골로 옮겨 비 오는 날 냇물 속에 노는 물고기나 보자고 해. 그러다 한 걸음 더 물러서서 그 물고기를 내려다보는 늙

은 소나무도 한번 되어 보자고 해. 그러다 저들끼리 놀게 놔 두고 심심한데 우리끼리 뭐라도 같이 먹자고 하는 거야. 참 심심한 시지? 하지만 어린 시절 비 오는 날 맑은 수면 위에 그려지는 동심원을 바라보거나, 자분자분 내리는 빗소리를 들으며 가족들과 오붓하게 파전이라도 부쳐 먹어 본 적이 있는 사람이라면 비 오는 날의 분위기를 이 시처럼 잘 그린 작품도 없다고 생각할 거야. 덧붙여, 선생님은 이 시를 읽고 비로소 '호젓하다'는 말의 뜻과 사용법을 처음 알았단다. 언어를 정확하고 적절하게 쓰는 공부를 하는 데에 이런 아름다운 시보다 더 나은 것이 있을까?

 어깨 톡톡!

비 오는 날 강이나 연못에서 물고기들이 헤엄치는 것을 10분 이상 들여다본 적이 있니?

▶소나기

1953년도에 발표된 황순원의 단편소설. 1963년도부터 교과서에 실려 누구나 아는 국민 소설이다.

－황순원

📺아이의 손바닥

교실에서 문학의 아름다움을 이야기할 때 빠지지 않는 작품이 〈소나기〉야. 작품의 주제나 구성, 문체도 모두 아름답지만 〈소나기〉를 〈사랑 손님과 어머니〉와 함께 '교과서가 사랑하는' 작품으로 만든 것은, 자연과 삶을 바라보는 같은 또래 소년, 소녀의 순수하고 풋풋한 시선 때문일 거야. 아이들의 시선으로 바라볼 때, 세계와 인간은 늘 신비와 설렘으로 가득 찬 것이어서, 시인이나 작가들은 늘 이 '아이의 눈'을 되찾고 싶어 해. 어른이 될 때, 얻는 것이 있는 반면 돌이킬 수 없이 잃어버리는 것도 많은 법이거든. 그래도 〈소나기〉와 같이 사랑스러운 작품이 있어서 읽을 때마다 선생님도 가끔 '내 안의 그 소년'을 다시 만나고는 해.

✏️ 어깨 톡톡!
〈소나기〉처럼, 잘 알려진 작품을 원작으로 참신한 영화나 드라마를 만들기 위해서는 어떻게 해야 할까?

▶생트 빅투아르 산^{1885~1887}

-폴 세잔

아이의 손바닥

서양 미술사에서 빈센트 반 고흐만큼 유명하고 파블로 피카
소pablo Picasso^{1881~1973}만큼 중요한 화가가 폴 세잔Paul Cézanne
^{1839~1906}이야. 부유한 아버지 덕에, 고흐처럼 물질적으로 고통스
러운 삶을 살지는 않았지만, 세잔도 평생 세상과 타협하지 않고
고집스레 자신의 그림을 그렸어. 그런 고집이나 열정의 흔적을 가
장 잘 느낄 수 있는 작품이 바로 저 〈생트 빅투아르 산〉이야. 선
생님도 어린 시절 미술 교과서에 본 적이 있는 그림이지만, 정확
히 이 그림은 아닌 것 같아. 무슨 말이냐고?

세잔은 자기 고향인 프랑스의 프로방스 지방에 있는, 압도적인

모습의 이 산을 찾아가서 줄기차게 그리고 또 그렸거든. 이런 구
도로 그리고, 저런 재료로도 그려 보고……. 자신이 생각한 이 산
의 '참된 모습'을 그릴 수 있을 때까지 그린 거야. 이 끈질긴 작업
과정을 통해 '눈에 보이는 모습과 눈에 보이지 않는 본질'을 동시
에 표현하는 새로운 방법을 찾으려고 한 거야. '사람'을 그린 그림
을 예로 들면, 그 사람의 실제 모습과 똑같으면서도 그 영혼까지
고스란히 담아내는 초상화를 그리려고 한 것이라고 할 수 있을
까?

 어깨 톡톡!

세잔의 〈생트 빅투아르 산〉처럼 그리고 또 그리고 싶은 것이 있다면?

폴 세잔 & 에밀 졸라

두 사람은 같은 고향에서 태어나 어린 시절을 함께 보낸 '절친'
이었어. 세잔은 프랑스 남부 프로방스 지역의 엑스 시에서 모자
사업으로 성공한 사업가의 아들이었고, 졸라는 토목 기사의 아
들이었어. 힘센 친구들에게 괴롭힘을 당하는 졸라를 세잔이 우
연히 도와주면서 서로 친하게 되었다고 해. 이때 감사의 표시로
졸라의 어머니가 사과를 보냈다고 하는데, 사과는 세잔의 예술
에서 중요한 소재 중의 하나가 돼. 그러나 이들의 어린 시절부
터 이어 온 오랜 우정은 졸라가 세잔을 모델로 한 소설에서 그
인물을 부정적으로 그리면서 결정적으로 끝났다고 해. 그후 그
들은 한 번도 서로 만나지 않았다고……

보는 눈에 따라 이야기가 달라진다?

20세기 들어 많은 학자들이 서양, 기독교, 백인, 남성 중심의 오만한 생각을 버리고 인류(특히 야생)에 대한 새로운 연구를 통해 밝혀낸 것은, 인간은 서로 조금씩 다른 것일 뿐 그것이 곧 인간이나 문명의 우열을 나타내는 것은 아니라는 것이었어.

문학이나 음악, 미술, 영화 등 예술 작품을 보면, 예술가들은 과학자처럼 새로운 것을 '발명'하는 사람이라기보다, 평범한 사람들이 무심코 지나친 것을 자기만의 눈으로 새롭게 '발견'한 것을 독창적으로 표현하는 사람이라는 것을 알 수 있어. 그러나 애플사의 유명한 광고 문구, "다르게 생각하라Think different"는 말도 있지만, 사물이나 현상을 남들과 새로운 눈으로 또는 다르게 보는 것이 말처럼 쉬운 것은 아니란다.

영국의 소설가 대니얼 디포Daniel Defoe[1660~1731]의 〈로빈슨 크루소〉의 주인공은 '로빈슨'이야. 그런데 이 소설을 멋지게 뒤집어서 원주민인 프라이데이(Friday, 프랑스어로 '방드르디Vendredi')의 존재를 크게 부각하여 쓴 미셸 투르니에Michel Tournier[1924~]의 〈방드르디, 태평양의 끝〉이라는 작품이 있어. 로빈슨에게 섬(스페란자)은 일방적으로 개척하고 문화를 전해 주어야 할 미개한 땅이지만, 타고난 본성에 따라 야생에서 살아온 방드르디에게, 섬을 포함한 자연은 마치 물이나 바람처럼 그저 주어진 대로 자연스럽게 받아들여 살아가는 자신의 일부일 뿐이야. 디포가 로빈슨이 프라이데이를 자신의 뜻에 따라 일방적으로 가르치는 이야기를 썼다면, 반대로 투르니에는 로빈슨이 방드르디의 영향을 받아 완전히 새로운 사람이 되는 과정을 보여 줘.

이게 무슨 이야기일까? 디포가 〈로빈슨 크루소〉를 썼을 때에는 서양(문명)이 기타 지역(야만)을 계몽하는 것이 당연한 것이었어. 하지만 그런 폭력적이고 일방적인 사고로 인해 식민 지배, 전체주의, 전쟁 같은 심각한 문제가 생겼어. 생각해 봐. 끔찍하게도, 누군가 나를 인정하지 않고 자신의 생각과 문화를 강제로 주입하여 바꾸려고 한다고 상상해 봐. 20세기 들어 많은 학자들이 서양, 기독교, 백인, 남성 중심의 오만한 생각을 버리고 인류(특히 야생)에 대한 새로운 연구를 통해 밝혀낸 것은, 인간은 서로 조금씩 다른 것일 뿐 그것이 곧 인간이나 문명의 우열을 나타내는 것은 아니라는 것이었어. 그러니까 로빈슨과 방드르디에게는 서로 '차이'가 있을 뿐 그것이 '차별'할 근거는 될 수 없다는 거야. 더 나아가 투르니에는 자연 속에서 조화롭고 평화로운 존재인 방드르디에게서 우리 인류의 희망을 찾고 있어.

하지만 여기서 끝이라면 진정한 문학이 아니지? 미래에 누군가, 〈방드르디, 태평양의 끝〉을 다시 뒤집어서 전혀 새로운 '이야기'를 만들어 낼지? 그래서 인간이 살아가는 한 '이야기'도 영원한 것일까?

▶위대한 개츠비

20세기 가장 뛰어난 미국 소설로 꼽히는 작품으로 1925년에 발표
되었다. 1920년대 미국을 배경으로 현대 물질문명의 황폐한 이면을
묘사했다. 젊은 날의 야망과 절망, 욕망에 대한 집착을 이야기하는
청춘 소설로, 1920년대 미국의 풍속소설로도 읽을 수 있다. 자연
풍광에 대한 시적 묘사와 놀라우리만치 예리한 심리 묘사 등 피
츠제럴드 특유의 빼어난 문체가 시대의 분위기와 절묘하게 결합된
작품이다.

-프랜시스 스콧 피츠제럴드

📷 아이의 손바닥

순전히 주관적인 편견일지 몰라도, 걸작으로 불리는 소설은
그 제목도 남다른 데가 있는 것 같아. 프랜시스 스콧 피츠제럴드
Francis Scott Fitzgerald[1896~1940]의 〈위대한 개츠비〉도 그런 작품 중
하나라고 생각해. 제목을 처음 접한 사람은 자연스럽게 '개츠비'
란 사람이 어떤 인물일까 궁금해지기 마련이니까. 하지만 모든 좋

은 제목이 그렇듯 이 작품의 제목도 이러한 독자의 기대를 충족하면서 동시에 배반해. 왜냐하면 주인공 개츠비가 위대한 것은, 그가 단순히 보잘것없는 처지에서 어마어마한 거부가 되었기 때문이 아니라 그러한 꿈을 이루었으면서도 처음의 소박하고 순수한 사랑을 끝까지 잃지 않았기 때문이니까.

물론 이 작품이 뛰어난 것은 단순히 그 제목 때문도, 미국인들의 오랜 꿈과 좌절을 흥미로운 이야기 속에 잘 담아냈기 때문만도 아니야. 결정적으로 이 작품을 매력적으로 만드는 것은 개츠비라는 독특한 인물과 일정한 거리를 유지하면서 따뜻한 시선으로 또는 안타까운 눈으로 한 사람의 '초상화'를 그려 가는 관찰자 닉 캐러웨이의 '시선'이라는 생각이 들어. 캐러웨이의 차분하면서도 씁쓸한 목소리 속에서, 거대한 현대 도시 뉴욕은 차갑지만 그리운 도시가 되고, 통속적인 연애 사건은 아름다운 비극으로 다시 태어나니까!

 어깨 톡톡!

개츠비의 데이지에 대한 마음은 사랑일까, 집착일까?

▶후지 산 자락에 일군 키 작은 풀들의 나라

내가 도쿄에서 가장 먼저 시작한 것이 출근 시간에 맞추어 전철을 타는 일이었습니다. 아사쿠사에서 우에노를 거쳐 도쿄 역에 이르는 멀지 않은 거리였습니다만 복잡하고 바쁘기는 서울의 출근길과 조금도 다르지 않았습니다. 도쿄 순환 노선인 야마노테山手선에는 아예 의자를 들어 올려 모든 승객이 콩나물처럼 서서 가는 전철도 운행되고 있습니다. 그러나 단 한 가지 서울의 출근 풍경과 다른 것은 그처럼 복잡하고 바쁜 출근길이 참으로 조용하고 정연하게 이루어지고 있다는 사실입니다. 10년, 20년의 훈련으로 도달할 수 없는 질서와 정숙함이었습니다. 일본의 특징인 '와비사비侘寂'의 문화를 실감하는 느낌이었습니다.

비록 짧은 여정이었습니다만 이처럼 조용하고 정연한 문화는 일본의 도처에서 만나게 됩니다. 주 46시간의 장시간 노동과 살인적인 고물가에 움츠리고 있으면서도 도로, 주택 등 어느 것 하나 자상한 손길이 닿지 않은 곳이 없습니다. 일본 경제가 지속해 온 고도성장의 비밀을 여러 각도에서 분석하고 있지만 나는 일본인들이 몸에 익히고 있는 바로 이러한 근검과 인내가 일본 자본주의의 특징이며 고도성장의 저력이라는 느낌을 받았습니다. 많은 연구자들이 지적하는 바와 같이 일본 자본주의는 서구 자본주의가 걸어온 과정을 충실히 밟아 온, 서구 자본주의 일개 수용 양식에 지나지 않는 것이라고 할 수 있습니다. 그리고 결국은 서구 자본주의의 외곽에서 희비를 겪어 갈지도 모릅니다. 그러나 일본 자본주의의 저변을 이루고 있는 이러한 삶의 자세는 경제의 희비와 상관없이 다른 곳에서는 찾아보기 어려운 가치이며 저력이라 하지 않을 수 없습니다.

나는 출근길의 시발역이었던 '아사쿠사浅草'를 떠올리지 않을 수 없었습니다. 아사쿠사는 '키 작은 풀'이라는 뜻입니다. 아사쿠사를 출발역으로 잡은 것도 우연이었지만 나는 이 말만큼 일본을 잘 나타내는 말은 없다는 생각이 들었습니다. 키 작은 풀들이 사는 나라, 작은 주택과 낡은 가구들을 그대로 간수하며 살아가는 검소하고 겸손한 삶은 당신의 말처럼 무사들의 지배 아래에서 오랜 전국戰國의 역사를 살아온 백성들의 문화인지도 모릅니다. 그리고 이러한 문화적 배경이 곧 일본 자본주의 특징을 이루고 있는 것이라는 생각이 들었습니다. 주종 관계를 축으로 하여 짜여 있는 사회조직에서부터 연공서열 또는 종신 고용이라는 기업의 인사 원리에 이르기까지 광범하게 관철되고 있는 것이라고 할 수 있습니다.

나는 문득 후지 산富士山의 모습이 떠올랐습니다. 약 4,000m의 높이를 자랑하는 후지 산. 정상에 백설을 이고 있는 아름다운 후지 산. 그러나 후지 산은 화산의 폭발로 이루어진 산이며 키 큰 나무 한 그루 키우지 않는 산입니다. 일본 경제의 전개 과정은 마치 화산의 폭발처럼 경제적 논리가 아닌 민족주의의 증폭과 전쟁이라는 정염情炎을 도약대로 삼은 것이 사실일 뿐만 아니라 후지 산은 과연 국가는 부강하나 국민은 가난하다는 일본 경제와 일본 사회의 진면목을 한눈에 보여 주는 상징이라는 생각이 들었습니다. 나는 짧은 일정을 쪼개어 후지 산이 보인다는 줏코쿠토게와 아시노코를 찾아갔지만 후지 산은 짙은 구름 속에 그 모습을 숨겨 놓고 보여 주지 않았습니다. 끝내 그 모습을 보여 주지 않는 것 역시 일본다운 것이라 해야 할지도 모릅니다.

비록 후지 산은 보지 못하였지만 전철과 신칸센 그리고 택시를 번갈아 바꿔 타면서 도쿄에서 아타미를 거쳐 하코네에 이르는 동안 나는 시골의 작은 마을들을 지나며 키 작은 풀들이 살아가는 여러 가지 모습을 좀 더 가까운 자리에서 목격할 수 있었습니다. 검소와 근면이라는 완고한 질서 속에서도 키 작은 풀들은 각자의 취미와 삶의 여백을 만들어 놓고

있었습니다. 그러나 여학생들의 이른바 '루스 삭스loose socks'
라는 스타킹에 이르러서는 충격을 금치 못하였습니다. 도쿄
는 물론이고 작은 지방 도시에 이르기까지 모든 여학생들
이 하나같이 발목에 흘러내려 겹겹이 주름이 잡히는 스타킹
을 신고 있었습니다. 마치 학교의 유니폼으로 오인할 정도였
습니다. 그러나 학교에서는 허용되지 않기 때문에 학교가 파
하고 난 하학길에 바꾸어 신는다는 이야기를 듣고 아연하지
않을 수 없었습니다. 그것은 단순한 유행과는 질적으로 다른
것이었습니다. 소속감에 대한 강한 집착 같은 것이었습니다.
그것은 일본 사회를 살아가는 집단적 지혜인지도 모릅니다.
나는 똑같은 키를 가진 풀들을 다시 한 번 확인하는 느낌이
었습니다.

일본에 대하여 우리는 너무나 많은 것을 알고 있으며 또
알고 있다고 생각하고 있습니다. 심지어는 일본을 '있다'와
'없다'라는 2진법의 언어로 일도양단할 만큼 그 인식이 감정
적인 것 또한 사실입니다. 미국이나 유럽 국가들에 대해서는
그들의 관습이나 문화를 너그럽게 인정하고 존중하고 있는
것과는 반대로 유독 일본에 대해서만은 기어이 우리의 잣대
로 재단하려는 아집마저 없지 않습니다. 과거의 은원恩怨이
있는 당사자들 사이의 인식이 그럴 수밖에 없으리라는 것도

이해할 수 없는 것은 아닙니다. 호수에는 그 호수에 돌을 던진 사람의 얼굴이 일그러지게 투영될 수밖에 없습니다. 2개, 3개의 돌을 던진 사람의 얼굴이 호면湖面에 비칠 리가 없습니다. 시골 여관의 다다미방에서 어린 시절의 기억과 함께 엽서를 적고 있는 나 자신부터도 평정한 심정일 리가 없습니다. 우리가 대상을 인식한다는 것은 결코 호수가 호숫가의 나무를 비추듯 명경明鏡처럼 수동적인 것이 아님은 물론이지만 돌을 받은 호면의 파문波紋 역시 우리의 인식을 온당하게 이끌지 않는다는 것 또한 사실입니다.

나는 후지 산 정상에서 군림하고 있는 냉혹한 백설은 사랑할 수 없지만 그 인색한 눈 녹은 물로 살아가고 있는 아사쿠사의 근검과 인내는 얼마든지 배우고 사랑할 수 있는 미덕이라고 생각합니다. 일본에서 만나는 수많은 사람들의 친절에 대해서도 그것이 속마음本音이 아니라고 매도할 필요가 없습니다. 그것은 서슬 푸른 사무라이들의 일본도 아래에서 살아오는 동안 스스로 인정을 단념하고 차디찬 돌멩이 한 개씩 가슴에 안고 있는 외로움인지도 모릅니다. 나는 일본인들이 몸에 익히고 있는 겸손과 절제와 검소함이 비록 쓸쓸한 것이긴 하지만 우리들의 헤픈 삶을 반성할 수 있는 훌륭한 명경이라고 생각합니다.

정작 혼란스러운 것은 후지 산과 아사쿠사라는 2개의 이미지가 이루어 내는 극과 극의 대립입니다. 물론 키 작은 풀들이 눈 녹은 물로 자라듯이 고도성장의 혜택을 입고 있는 것도 사실이며 또 실제로 해외여행에서는 강력한 엔화가 보장해 주는 경제적 여유를 향유하고 있는 것도 사실이지만 그럼에도 불구하고 내게는 이 2개의 이미지를 연결한다는 것이 참으로 어려운 일이 아닐 수 없었습니다. 일찍이 아시아를 탈출하여 서구를 지향하며 달려가는 일본 자본주의의 모습은, 우선 일본인 스스로도 그러한 모습으로부터 새로운 세기의 대안적 성격을 읽어 내지 못하고 있는 것이 사실이며, 반면 일본인들의 생활 깊숙이 자리 잡고 있는 근검과 절제는 어느 시대에나 소중히 해야 할 인간적 내용을 담고 있기 때문입니다.

그러나 더욱 혼란스러운 것은 이미 그 의미가 총체적으로 회의되고 있는 근대성에 대해서는 일말의 반성도 없는 일본의 지성입니다. 그리고 공정한 사회에 대한 진지한 모색도 없이 오로지 단계적 패권 정책에 몰두하는 일본 자본의 비정한 작위作爲입니다. 그리고 더더욱 혼란스러운 것은 그 길을 쫓아가고 있는 우리들의 모습이었습니다.

-신영복

선생님에게 일본의 '표정'과 '마음'을 잘 읽어 낸 글로 맨 첫머리에 떠오르는 글이 바로 이 글이야. 우리나라 사람은 일본에 대해 누구나 나름대로 한마디씩은 할 수 있을 정도로 일본에 대해 이야기하는 글이나 책은 많아. 하지만 그만큼 일본에 대해 깊이 알고, 올바르게 전하기가 어렵다는 뜻도 될 거야. 하지만 이 글은 일본을 바라보는 올바른 태도가 담겨 있고, 이를 통해 역사와 세계를 보는 섬세하고 균형 잡힌 안목도 함께 느낄 수 있어.

《감옥으로부터의 사색》,《나무야 나무야》,《더불어 숲》 등으로 잘 알려진 저자 신영복[1941~] 선생의 다른 글과 마찬가지로, 이 글에서 선생님이 배운 것은, 불의를 지적하면서도 거칠어지지 않고, 미래와 희망에 대해 이야기하면서도 현실을 놓치지 않는 아름다운 '균형 감각'이야. 책 읽기의 멋진 점은 무엇보다 이렇게 지혜롭고 아름다운 분들을 얼마든지 나의 마음속 멘토[*]로 모실 수 있다는 것이 아닐까?

멘토mentor

a. 그리스신화에서 오디세우스가 자신의 아들을 교육해 달라고 했던 반인반수의 '멘토르'에서 유래된 말로 지금은 조언자, 또는 후견인을 의미한다.

b. 문학이나 학문의 세계에는 "스승이 반 팔자"라는 말이 있단다. 어떤 스승을 만나느냐에 따라 어떤 시인이나 작가, 학자가 되느냐가 결정된다는 뜻일 거야. 그 스승은 물론 살아 있는 분일 수도 있고, 책이나 역사 속의 인물이 될 수도 있지. 하지만 그 스승을 멀리서 다만 바라만 볼 때에는 그는 스승일 수는 있어도 멘토가 될 수는 없어. 나의 삶 속에서 그분이 함께 살아가게 하지 않는다면 말이야.

 어깨 톡톡!

신영복 선생을 세상에 알린 《감옥으로부터의 사색》처럼 옥중에서 씌어지거나, 감옥을 배경으로 한 작품에는 어떤 것들이 있을까?

▶매화에 둘러싸인 초가집^{19세기 중엽}

-전기

아이의 손바닥

돌아가시기 전 마지막 날 아침에도 "저 매화에 물 줘라"는 말을 남겼다는 퇴계 이황^{1501~1570} 선생에게서도 알 수 있듯이, 예전의 선비들은 매화를 사랑해서 그림의 소재로도 즐겨 그렸다고 해. 이 그림도 그런 그림 중의 하나인데, 이 그림을 그린 전기 ^{1825~1854}라는 분은 짧은 생애 동안 특히 매화 그림을 많이 그렸다고 해.

우리 그림에서는 그림 자체의 구성이나 색채도 중요하지만 그 안에 담긴 뜻을 더 높이 치는데, 이 그림은 그린 이가 눈송이 같은 매화가 흐드러지게 핀 눈 덮인 산속의 초가집으로 친구를 찾아가는 아름다운 모습을 그린 작품이라고 해. 바야흐로 '말 안 해도 마음 다 아는' 두 벗이 조촐한 술 한 상 앞에 두고 밤 깊은 줄 모르고 나눌 정겨운 이야기가 그려지지 않니?

그런데 이 그림에도 보이지만, 왜 옛 그림 속에는 거의 반드시 자그만 초가집이나 정자가 나오는지 아니? 우리나라의 대표적 지성인 이어령[1934~] 선생은, 이것이 단순히 풍경의 일부가 아니라, 또한 그림을 그린 이가 그 그림의 풍경을 바라보는 '시점'을 표시한 것이라고 해. 그러니까 이 그림도 그저 그림 밖에서 풍경을 볼 것이 아니라, 마치 내가 그림의 초가집 속 인물이 되어 바로 그 자리에서 주변을 보듯이 감상해야 한다는 거야. 어때? 정말 보는 눈에 따라 그림도 다르게 보이지 않니?

 어깨 톡톡!

왜 서양 그림은 왼쪽에서 대각선 방향 오른쪽으로, 반대로 우리 옛 그림은 오른쪽에서 대각선 방향 왼쪽으로 감상해야 한다고 할까?

이상 & 구본웅

"상처 없는 영혼이 어디 있으랴." 이렇게 노래한 것은 애늙은이 시인 랭보였던가? 하지만 때로는 일생을 두고 싸워도 이기기 힘든 상처나 운명도 있는 것이 아닐까? 때로 그런 사람들은 자기와 같은 무리가 아무리 다른 무리에 섞여 있어도 금세 알아봐. '한국의 로트레크' 꼽추 화가 구본웅이 그린 이상의 초상화(《친구의 초상》)를 보면 문득 두 상처 입은 짐승이 나란히 눈을 번뜩이는 느낌이 들어. 한 천재 작가의 유별난 삶과 예술을 그림 한 장에 표현하려면 그리는 사람 또한 그것을 온몸으로 감당할 만한 사람이 아니면 안 되었겠지? 아, 왜 예술가라는 사람들은 모두 '자신의 불행에 홀딱 빠지는 성미 고약한 짐승들'일까?

문학은 답이 아니라 질문?

좋은 작가는 정확한 '답'을 주는 사람이
아니라 오히려 커다란 '질문'을 던지는 사
람이라고 해. 그런데 그 '질문'이란 것이 살
아가는 동안 끊임없이 고민을 해도 분명하
게 답을 내놓을 수 없는 것인 경우가 많아.

한 번 읽고 마는 책이 있는가 하면, 읽을 때마다 느낌이 새로워서 거듭 읽게 되는 책도 있지? 주인공이 매력적이어서 그런 경우도 있고, 읽을 때마다 새로운 '물음표'를 던지기 때문에 그런 경우도 있을 거야. 그래서 책 한 권을 백 번 읽는 것은, 서로 다른 책 백 권을 읽는 것과 같다는 말도 있단다.

조금 오래된 흑백 영화중에 〈400번의 구타〉(프랑수아 트뤼포)¹⁹⁵⁹라는, 방황하는 한 아이의 모습을 그린 프랑스 영화가 있어. "어른이 되려면 400번은 맞아야 한다"라는 프랑스 속담에서 제목을 따왔다고 하는데, 정당한 관심과 사랑을 받지 못하고 사회가 가하는 일상화된 폭력에 의해 점점 비뚤어져 가는 한 아이의 모습을 객관적으로 보여 주는 작품이란다. 그런데 이 영화가 오랫동안 인상적으로 남아 있는 것은 무엇보다 마지막 장면 때문인데, 어딘가로 계속 도망쳐 달려가던 그 아이가 더 이상 도망칠 수 없는 바닷가에 이르러 갑자기 카메라 쪽을 바라보며 짓던 그 흔들리는 '눈빛' 때문인 듯해. 마치 처음부터 줄곧 냉정한 시선을 유지하던 감독이 갑자기 관객들을 돌아보며, '이 아이는 이제 어디로 도망칠까요?', '여러분이라면 어떻게 할까요?', '이 아이가 바로 당신의 아이라면?'…… 이런 질문을 던지고 사라지는 것처럼 느껴졌었거든.

문학도 마찬가지여서, 좋은 작가는 정확한 '답'을 주는 사람이 아니라 오히려 커다란 '질문'을 던지는 사람이라고 해. 그런데 그 '질문'이란 것이 살아가는 동안 끊임없이 고민을 해도 분명하게 답을 내놓을 수 없는 것인 경우가 많아.

예를 들어, 추위에 떨며 굶주리는 일곱 조카들을 위해 빵 한 조각을 훔친 죄로 19년 동안 감옥 생활을 한 장 발장을 끝까지 추적하여 다시 감옥에 넣으려는 경관 자베르를 떠올려 봐. 〈레미제라블〉을 읽는 사람들은 아무래도 장 발장의 처지에서 그에게 연민을 느끼고 자베르의 집요한 '공무 수행'이 가혹하다고 생각할 거야. 하지만 반대로 자베르의 입장에서 보면 어쨌든 탈옥수를 다시 붙잡는 것이 자신의 의무를 다하고 정의를 실현하는 것이라고 판단할 수밖에 없지 않았을까? 이렇게 개인의 양심과 사회정의가 충돌하는 것은, 19세기 프랑스뿐 아니라 오늘날에도 세계 곳곳에서 벌어지는 문제야. 이렇게 '좋은 질문'은 어쩌면 인류가 존재하는 한 영원히 해결할 수 없는 문제를 '건드리는' 것인지도 몰라.

그런데 다른 예술과 마찬가지로 문학에서도, 어떤 '질문'을 던지는가도 중요하지만 어떻게 효과적으로 던지는가도 중요해. 당연히, 아무리 좋은 주제를 담은 질문이라도 제대로 '던지지' 못하면 아무 소용이 없으니까 말이야. 다음 시를 한번 볼까?

한 줄의 시는커녕

단 한 권의 소설도 읽을 바 없이

그는 한평생을 행복하게 살며

많은 돈을 벌었고

높은 자리에 올라

이처럼 훌륭한 비석을 남겼다

그리고 어느 유명한 문인이

그를 기리는 묘비명을 여기에 썼다

비록 이 세상이 잿더미가 된다고 해도

불의 뜨거움 꿋꿋이 견디며

이 묘비는 살아남아

귀중한 사료가 될 것이니

역사는 도대체 무엇을 기록하며

시인은 어디에 무덤을 남길 것이냐

- 김광규, 〈묘비명〉

묘비명은 죽은 사람의 삶을 비석에 기록한 것인데, 이 시를 보면 무엇보다 먼저 문자로 기록된 것이 모두 진실일까, 하는 물음이 생겨. 그리고 우리가 보고, 듣고, 배워 알고 있다고 생각하는 것들이 과연 모두 진실일까, 하는 생각도 들어. 한 걸음 더 나아가, 과연 어떻게 사는 것이 행복하게 사는 것인지 고민해 볼 수도 있어.

그런데 이 시는 이런 질문을 우리가 무심코 지나치는 '묘비명'이라는 작은 소재로 짧고 분명한 표현에 담아 던지고 있어. 이렇게 독자가 스스로 질문하고 나름대로 새롭게 해석하고 싶게 하는 작품들이 있는데, 이런 작품을 흔히 '열린 텍스트open text''라고도 불러.

 열린 텍스트open text

a. 의미를 생산하는 과정에서 독자의 협력이 필요한 텍스트.
b. 작품을 읽는 것이 결국 읽는 사람 스스로 나름대로 이해하고 파악하는 과정이라고 보면, 세상 모든 작품이 곧 열린 텍스트라고 할 수 있을 거야. 하지만 특히 어떤 작품 중에는 '모나리자의 눈썹'처럼 독자가 한 걸음 더 다가가서 함께 완성해 보고픈 충동을 느끼게 해 주는 작품들이 있어. 그렇게 되면, 펼친 책 속에 나란히 두 의자가 솟아 있는 어느 문학상의 상패처럼, 작가와 독자는 작품을 앞에 두고 나란히 마주 앉게 되는 셈이야.

시를 아는 아이와 함께 읽기

▶ 작별

내가 죽으면
발코니를 열어놔 줘.

사내아이가 오렌지를 먹고 있군.
(발코니에서 나는 그를 볼 수 있으니)

농부가 밀을 거두고 있군.
(발코니에서 나는 그를 들을 수 있으니)

내가 죽으면
발코니를 열어놔 줘!

－페데리코 가르시아 로르카

🗃️ 아이의 손바닥

누군가, 소설가는 세상을 떠날 때 긴 이야기를 해야 하지만, 시

인은 '아!' 한마디만 해도 충분하다고 했어. '아!'보다는 약간 길지만, 죽음을 눈앞에 두고 쓴 듯한 이 시를 보면, 시인이 얼마나 삶을 사랑하는지 느껴지지 않니? 이 시를 쓴 페데

스페인 내전
a. 1936년 2월 19일 스페인 제2공화국의 인민전선 정부가 성립된 데 대하여 7월 17일 군부를 주축으로 하는 파시즘 진영이 일으킨 내란.
b. 파시즘과 반파시즘의 대결이었던 이 내전은 곧바로 이어지는 제2차 세계대전의 전초전이기도 했어. 무엇보다 반파시즘 쪽에는 헤밍웨이, 조지 오웰, 피카소와 같은 유명한 시인, 작가, 예술가들이 자발적으로 참여하거나 작품 활동 등으로 지지를 보낸 것으로도 널리 알려져 있단다.

리코 가르시아 로르카Federico García Lorca[1898~1936]는 알람브라궁전으로 유명한 그라나다에서 태어나 스페인 내전[1936~1939]■ 중에 암살당한 시인이야. 로르카는 20세기 초반 시, 희곡, 인형극, 음악, 미술 등 다재다능한 활동으로 스페인 문화계의 상징으로 떠올랐던 인물로, 지금도 많은 사랑을 받고 있다고 해. 선생님은 로르카를 통해 이슬람 문화의 정수 알람브라궁전, '그라나다'란 노래, 헤밍웨이(《누구를 위해 종은 울리나》)와 피카소(《게르니카》) 등 20세기 예술가들에게 깊은 영향을 미친 스페인 내전 등에 관심을 갖게 되었어. 언젠가 혹시 알람브라궁전을 여행할 때, 그곳 주민들과 어울려 로르카에 대해 함께 이야기할 수 있다면 더 멋진 친구가 될 수 있지 않을까? 같은 것을 좋아하면서 친구가 되는 법이니까!

어깨 톡톡!
《누구를 위해 종은 울리나》의 모티프가 된 영국 시인 존 던John Donne[1572~1631]의 같은 제목의 시를 읽어 보고, 과연 종이 누구를 위해 울린다고 했는지 알아볼까?

▶동물 농장

1945년에 발표된 조지 오웰의 대표적 풍자소설이다. 영국의 한 농장에서 인간으로부터 억압받고 착취당하던 동물들은 유토피아 건설을 꿈꾸며 혁명을 일으킨다. 동물들은 소원대로 인간을 내쫓고 자유를 쟁취하고 계급 없는 사회를 만들지만 점차 돼지들이 지배층으로 부각되고, 돼지들 사이에 권력투쟁이 일어나며, 승리한 돼지들은 옷을 입고 침대에서 자고 두 다리로 걷고 술을 마신다. 자신들을 억압하고 착취하던 인간들을 닮아 가는 동물들의 모습이 그려진다.

-조지 오웰

아이의 손바닥

조지 오웰George Orwell^{1903~1950}의 유명한 이 작품은 마치 '20세기의 이솝 우화' 같아. 이솝 우화가 인간의 보편적인 어리석음이나 욕심을 꼬집어 교훈을 주는 우화라면, 〈동물 농장〉은 특히 20세기에 인류의 '뜨거운 감자'였던 전체주의에 대해 날카롭게 풍자하고 있는 작품이야. 과학기술이 가져올 인류의 어두운 미래를 그린, 작가의 또 다른 정치소설 〈1984〉처럼, 이 작품은 인간과 사회의 문제를 파악하는 효과적인 틀을 제시함으로써 현대에도 여전히 '살아 있는 고전'으로 평가받는 소설이야.

물론 이 작품이 풍자 대상으로 삼은 구소련의 스탈린 체제는 끝났어도, 새로운 사회를 꿈꾸며 혁명을 일으키지만 결국 자신의 이기적인 욕망에 의해 처음의 순수한 꿈을 스스로 배반하는 모습은 지금도 되풀이하여 나타나는 일이니까 말이야. 다르게 보면, 이런 어리석음은 우리 한 사람, 한 사람이 일생을 사는 동안 보이는 모습이기도 해. 젊은 시절에는 사회정의와 더불어 사는 세상을 부르짖다 조금씩 세상에 물들어 끝내는 비리와 부패를 저지르고 흔적도 없이 사라지는 사람들이 지금도 얼마든지 있거든. 그래서 늘 초심을 잃지 않고, 스스로 성찰하며 끊임없이 '새로운 처음'을 만들어 가려는 자세가 꼭 필요하다는 것을 늘 기억해!

 어깨 톡톡!

'정보를 독점하여 사회를 통제하는 독재자'를 뜻하는 '빅 브라더big brother'라는 말을, 사전을 통해서 아는 것과 〈1984〉 한 권을 읽고 아는 것은 서로 어떤 차이가 있을까?

▶구두¹⁸⁸⁶

🎁아이의 손바닥

　강렬한 색채의 그림과 신화가 된 극적인 삶 등 빈센트 반 고흐를 위대한 화가로 부르고 또 좋아하는 이유는 참 많아. 여러 가지 이유 중에 하나로, 고흐가 늘 자신과 같이 가난하고 힘겹게 살아가는 주변 사람들에 대한 사랑과 우정을 잃지 않았다는 점도 있을 거야.

　이 그림은 분명 정물화라고 할 수 있지만 우리가 흔히 보는, 꽃이나 과일을 그린 정물화와는 조금 다르지? 이렇게 닳고 일그러진 한 켤레 구두를 마음을 다해 그리는 고흐의 모습을 한번 상상해 봐. 이 구두를 신은 사람(혹은 고흐 자신)과 그의 일, 가난과 고독 등 그 모든 것을 존중하고 사랑하는 마음이 없이 이런 그림을 그릴 수 있을까?

그림도, 시도 그리고 사람도 결국 그 마음을 움직이는 것은 예쁘게 그려진 모습이나 멋진 말, 화려한 겉모습이 아니라 진실한 마음이 아닐까? 우연히 고흐 씨와 마주친다면 '빈센트 아저씨!'라고 불러 보고 싶지 않니? 아니, '너무 인상파'여서 그냥 멀리서 바라보기만 하고 싶다고?

 어깨 톡톡!
고흐의 삶과 예술을 소재로 한 노래 '빈센트'(돈 맥클린)[1972]를 한번 들어 봐!

파블로 피카소 & 기욤 아폴리네르

20세기 초 파리 몽마르트르는 가난하고 젊은 예술가들의 '소굴'
이었어. 비록 누추한 곳에서 살고 끼니도 제대로 챙겨 먹지 못
했지만, 카페에 술 한 잔을 앞에 두고 새로운 예술에 대한 열정
과 함께 길을 가는 친구들을 향한 우정을 꽃피웠다고 해. 특히
'미라보 다리'의 시인 아폴리네르는 피카소가 자신만의 새로운
예술 세계를 열어 가도록 격려를 아끼지 않았다고 해. 그런데
한때 두 사람은 루브르박물관에서 그 유명한 '모나리자' 그림이
감쪽같이 사라진 사건이 일어났을 때, 나란히 주요 용의자가 되
어 경찰에 체포되기까지 했었단다. 예술가는 작품을 훔치는 사
람이 아니라 만드는 사람이라는 당연한 사실을 왜 경찰은 몰랐
을까?

문학 작품 속에서도 결혼은 현실?

문학 작품의 인물은 대체로, 얼핏 보면 자신의 의지대로만 살아가는 것 같아도, 깊이 보면 그를 둘러싼 사회, 문화의 영향을 받을 수밖에 없어. 아무리 '자유로운 영혼'도 자신이 태어난 시대를 완벽하게 뛰어넘을 수는 없다는 거지. 이렇게 문학은 보고서나 공문과 같은 공식적인 기록이 아니라 한 사람의 눈으로 직접 보는 듯 살아 있는 현실을 그리려고 해.

영국의 여성 작가 제인 오스틴Jane Austen^{1775~1817}의 소설을 원작으로 한 영화, 〈오만과 편견〉, 〈센스 앤드 센서빌리티(이성과 감성)〉, 〈에마〉에는 한 가지 공통점이 있어. 세 작품에 등장하는 인물들의 공통적인 관심사가 연애와 결혼이라는 거야.

세 작품 모두, 처음에는 연애나 결혼 상대로 눈여겨보지 않던 남자와 '사랑의 시련'을 겪은 후에 결국 결혼에 성공한다는 것이 대략적인 줄거리야. 그런데 이 작품 속의 주인공, 특히 여주인공들은 정도의 차이는 있지만 연애나 결혼에 목을 매. 유독 왜 이들 작품 속에서는 남자보다 여자가 연애와 결혼에 더 집착하는 것일까?

물론 아직도 동서양 모두 공통적으로 여자는 결혼을 잘 해야 행복하게 살 수 있다는 생각이 남아 있고, 성격적으로 여주인공들이 연애나 결혼에 대해 환상을 품고 있기 때문이라고 볼 수도 있어. 하지만 한 작가의 작품 속에 비슷한 성향의 인물들이 반복해서 나타나는 다른 이유가 있지는 않을까? 작품을 이해할 때 이렇게 작품 자체로 명확하게 알 수 없는 부분은 그 작품이 쓰인 시대나 작가의 삶을 참고해 볼 수 있어.

결론적으로, 이들 작품에는 공통적으로, 결혼 직전까지 갔다가 사회적 지위나 집안 문제로 실패했던 작가의 실제 삶이 깊이 반영되어 있다고 해. 이 사건 이후, 작가는 결혼하지 않고 다른 남자 형제의 집안일을 도우며 노처녀로 살다가 죽었다고 해. 이 사건도 〈비커밍 제인〉(줄리언 재럴드)²⁰⁰⁷이라는 제목으로 영화화되기도 했는데, 영화의 내용에도 나오지만 당시 영국에서는 적당한 나이에 그에 걸맞은 지위나 가문의 남자와 결혼하지 못한 여자는 평생 독립하지 못하고 다른 남자 형제에게 얹혀살 수밖에 없었다고 해. 이제 엘리너(《센스 앤드 센서빌리티》)나 엘리자베스(《오만과 편견》), 에마(《에마》)가 어쩔 수 없이 결혼에 필사적으로 매달릴 수밖에 없는 이유를 알겠지?

이렇게 문학 작품의 인물은 대체로, 얼핏 보면 자신의 의지대로만 살아가는 것 같아도, 깊이 보면 그를 둘러싼 사회, 문화의 영향을 받을 수밖에 없어. 아무리 '자유로운 영혼'도 자신이 태어난 시대를 완벽하게 뛰어넘을 수는 없다는 거지.

그런데 이렇게 인물의 삶의 바탕이 되는 시대를 그리되, 문학은 보고서나 공문과 같은 공식적인 기록이 아니라 한 사람의 눈으로 직접 보는 듯 살아 있는 현실을 그리려고 해. 다음 한 편의 시 같은, 짧은 동화를 보면서 어떻게 시대와 현실을 그리는지 한번 볼까?

추워서 코가 새빨간 아가가
아장아장 전차 정류장으로 걸어 나왔습니다.

그리고 '낑' 하고 안전지대에 올라섭니다.

이내 전차가 왔습니다.
아가는 갸웃하고 차장더러 물었습니다.
"우리 엄마 안 와요?"
"너의 엄마를 내가 아니?"
하고 차장은 "땡땡" 하면서 지나갔습니다.

또 전차가 왔습니다.
아가는 또 갸웃하고 차장더러 물었습니다.
"우리 엄마 안 와요?"
"너의 엄마를 내가 아니?"
하고 이 차장도 "땡땡" 하면서 지나갔습니다.

그다음 전차가 또 왔습니다.
아가는 또 갸웃하고 차장더러 물었습니다.
"우리 엄마 안 와요?"
"오! 엄마를 기다리는 아가구나."
하고 이번 차장은 내려와서
"다칠라, 너희 엄마 오시도록 한군데만 가만히 섰거라, 응?"

하고 갔습니다.

아가는 바람이 불어도 꼼짝 안 하고,
전차가 와도 다시는 묻지도 않고,
코만 새빨개서 가만히 서 있습니다.

　　　　　　　　　　　　　　　　－이태준, 〈엄마 마중〉

　아가는 왜 혼자서 엄마를 기다릴까? 엄마는 왜 끝내 오지 않
는 것일까? 엄마는 어디론가 떠나 버린 것일까? 무엇이라고 분명
하게 알 수는 없지만, 작품에 쓰인 단어나 상황, 이 작품의 작가
이태준¹⁹⁰⁴~?이 살았던 시대를 참고하면, 단순히 아가가 일터에서
돌아오는 엄마를 기다리는 이야기는 아니라는 것을 짐작할 수 있
지 않을까? 궁금해? 그럼 이 작품을 원작으로 한 아름다운 그림
책(《엄마 마중》이태준 글, 김동성 그림, 2004)을 꼭 한번 보기를!

▶수레바퀴 아래서

1906년에 발표된 헤르만 헤세의 자전적 경험이 듬뿍 녹아들어 간 성장소설이다. 작가는 신학교 체험을 토대로 이 작품을 썼다. 총명하고 기품 있는 한 소년이 어른들의 비뚤어진 기대, 권위적이고 위선적인 기성사회와 규격화된 인물을 길러내는 교육제도에 희생되어 결국 순수한 본성을 잃어버리고 삶의 수레바퀴 아래서 비극적으로 생을 마감하는 이야기를 담고 있다.

- 헤르만 헤세

아이의 손바닥

우리나라에서와 달리 헤르만 헤세Hermann Hesse 1877~1962가, 자신이 태어난 독일에서는 그다지 높은 평가를 받지 못한 작가라는 것을 안 것은 한참 어른이 된 후였어. 그런데 어린 시절, 대형 서점도 큰 도서관도 없던 시골집에 헤세의 〈데미안〉만은 굴러다녀서 그 책을 읽었던 것을 보면, 그 시절 우리나라에서만큼은 괴테가 아니라 헤세가 독일을 대표하는 문호였던 게 아닌가 싶어. 특히 사춘기를 지나던 그 나이 또래의 아이들한테는 말이야. 그런데 선생님은 개인적으로 〈데미안〉보다 이 〈수레바퀴 아래서〉를 더 재미있게 읽었어.

주인공 한스 기벤라트가 자신의 재능을 디딤돌 삼아 열심히 날갯짓해서 겨우 조금 날아올랐다가 다시 더 낮은 바닥으로 추락하고 마는, 이 작고 쓸쓸한 비극을 나름대로 진지하게 읽었던 것 같아. 독일에는 이렇게 고난과 방랑을 통해 정신적으로 성숙해 가는 모습을 보여 주는, 아름다운 '성장소설*'이 참 많은 것 같아. 이런 문학적 전통의 뿌리라고 할 수 있는 괴테는 이렇게 말했어.

"길을 찾는 동안은 방황하기 마련이다."

무엇보다 이 말을 알고 나서, 괴테가 정말 멋있는 작가라고 생각했어!

 성장소설

a. 주인공의 육체적·정신적 성장 과정을 형상화한 소설
b. 뛰어난 소설의 주인공들은 모두 사건이 전개됨에 따라 여러 가지 갈등을 겪으며 변화해 간다고 할 때, 모든 소설이 곧 성장소설이기도 할 거야. 하지만 특히 〈데미안〉이나 〈호밀밭의 파수꾼〉(제롬 데이비드 샐린저)처럼 청소년기의 주인공이 세상과 부딪혀 추락하거나 다시 날아오르는 소설을 흔히 성장소설이라고 불러. 삶에서 '성장통'은 늘 불가피한 것이라고 할 때 아무리 세상이 좋아져도 이 순간 또 누군가에 의해 또 새로운 성장소설이 씌어지고 있지 않을까?

 어깨 톡톡!

최근에 영화로도 제작되어 흥행에 성공하고, 인기를 얻은 《완득이》김려령, 2008라는 소설이 있기는 하지만, 우리나라에 좋은 청소년 성장소설이 드문 이유는 무엇일까?

▶아무도 기다리지 않았다 1884~1888

- 일리야 레핀

아이의 손바닥

이 작품은 마치 영화의 한 장면 같아. 아니, 2시간짜리 영화를 한 장면에 담은 그림 같다고 해야 더 적절하겠다. 이 작품은 러시아의 사실주의* 화가인 일리야 레핀Ilya Repin 1844~1930의 대표적 작품인데, '아무도 기다리지 않았다'라는 제목을 알고 나면 이 그림의 '숨은 이야기'가 더 궁금해져.

이 그림 속 남루한 옷차림의 남자는 지친 모습이지만 눈빛만은 형형하게 빛나는데, 이 남자를 바라보는 가족과 그 집에서 일하는 사람들의 표정은 제각각 달라. 이 남자는 어떤 사람일까? 과거에 무슨 일이 있었고, 앞으로 어떤 일이 일어날까? 앞서 이 그림을 영화에 비유했지만, 그 전에 먼저 톨스토이나 도스토옙스키의 19세기 러시아 소설의 한 장면 같다고 하는 것이 더 적절할지도 몰라.

알려진 해설에 따르면, 이 남자는 당시 제정러시아 사회를 바꾸기 위해 활동한 혁명가이고, 이 장면은 그가 멀리 유형을 갔다 집으로 돌아오는 순간을 그린 것이라고 해. 하지만 그런 것은 모르더라도 이 그림을 통해, 현실을 더욱 생생하게 담아냄으로써 그속에 숨은 이야기를 상상하게 하는 예술 작품의 힘은 얼마든지 느낄 수 있지 않니?

💾 사실주의

a. 객관적 사물을 있는 그대로 정확하게 재현하려는 태도.
b. 낭만주의를 대표하는 작품 〈레미제라블〉을 읽을 때 조금 유감스러웠던 것은 장 발장이 한창 모험을 벌이다가도 갑자기 '위고 노인'이 끼어들어(?) 조금 엉뚱한 사설을 장황하게 늘어놓는다는 점이었어. 그리고 사실 관계에 대한 부정확한 서술이라든지, 인물에 대한 감상적 묘사 같은 것들은 오늘날의 관점으로 보기에는 옥의 티같이 느껴지기도 했어. 바로 이런 점들을 극복하려고 이어서 사실주의가 등장한 것이 아닌가 싶었거든. 하지만 사실주의도 정말 그들이 말하는 '객관적'인 것이 세상에 존재하는 것인지 의심을 받게 돼. 사실 우리는 객관적인 현실 위에 살지만 그 못지않게 꿈, 환상, 무의식 같은 것들이 있어서 우리를 움직이고 있거든.

 어깨 톡톡!

이 그림은 어느 세계 문학 전집 시리즈의 러시아 소설집 표지 그림으로 쓰이기도 했는데, 이렇게 각 문학 작품과 잘 어울리는 그림이나 사진을 같이 한번 짝지어 보는 것은 어떨까?

▶굿바이 칠드런¹⁹⁸⁷

-루이 말

 아이의 손바닥

사실 홀로코스트Holocaust(유대인 대학살)를 다룬 영화는 넘
치게 많아. 〈쉰들러 리스트〉나 〈피아니스트〉같이 직접적으로 다
룬 영화부터 〈위대한 독재자〉처럼 이 비극의 '연출자'인 아돌프
히틀러를 풍자한 영화까지 다양해. 유대인들이 자신들이 겪은
비극을 끊임없이 재생산해서, 현재 팔레스타인인들에게 자행하
고 있는 폭력에 대한 비판을 무디게 한다는 삐딱한 견해도 있지
만, 이 사건이 20세기 역사와 인간의 정신에 끼친 크고 깊은 영
향은 아무도 부정할 수 없을 거야. 그런데 프랑스의 루이 말Louis

Malle[1932~1995] 감독의 자전적 영화 〈굿바이 칠드런〉[1987]은 조금 다른 방식으로 이 끔찍한 기억을 이야기해.

주인공과 제2차 세계대전 중 나치를 피해 잠시 학교에 피신해 있던 한 유대인 친구의 짧은 만남과 이별을 통해서 말이야. 게슈타포(나치 비밀 경찰)에 발각되어 끌려가는 그 친구와 눈빛이 마주친 어린 주인공의 표정은 마치 이렇게 이야기하는 듯해. 어제까지 같이 장난치고 이야기하고 놀던 친구와 갑자기 영원히 볼 수 없게 되는 것, 그것이 바로 인간이 같은 인간에게 저지른 가장 끔찍한 범죄, 홀로코스트*의 맨얼굴이라고……

 홀로코스트 Holocaust

a. 제2차 세계대전 중 나치 독일이 자행한 유대인 대학살.
b. 일반적으로 인간이나 동물을 대량으로 태워 죽이거나 대학살을 하는 행위를 가리키지만, 고유명사로 쓸 때는 제2차 세계대전 중 나치스 독일에 의해 자행된 유대인 대학살을 뜻해. 그런데 영화 〈더 리더-책 읽어 주는 남자〉(스티븐 돌드리)[2008]에도 나오는 것처럼, 이렇게 엄청난 일을 저지른 사람들이 사실 대부분 특별한 악마가 아니라 우리처럼 평범한 사람들이었다는 거야. 그들은 기계처럼 받은 명령을 수행할 뿐 스스로 생각할 의지나 힘이 없었던 거지.

 어깨 톡톡!

아이들의 시선으로 본 세상을 그린 문학 작품이나 영화에는 어떤 것들이 있을까?

토마스 만 & 구스타프 말러

"기차를 타고 육로로 베네치아 역에 들어가는 것은 뒷문으로 궁전에 들어가는 것과 같다." '물의 도시' 베네치아를 표현하는 데 토마스 만의 〈베네치아에서의 죽음〉에 나오는 이 문장보다 더 멋진 표현이 있을까? 하지만 이 깊고 아름다운 중편소설에 나오는 베네치아는, 제목에서 짐작할 수 있듯이 자유, 지성, 문화가 넘실대는 곳이 아니라, 콜레라와 부패, 죽음의 예감이 유령처럼 떠도는 곳이야. 소설 속에서 이름 있는 작가인 주인공은 천천히 죽음 속으로 잠기는 줄도 모르고 치명적인 사랑에 빠져 베네치아를 떠나지 못해. 그런데 원래 토마스 만 자신을 모델로 한 듯한 소설 속 주인공은 같은 이름의 영화(루키노 비스콘티)1971로 만들어지면서 구스타프 말러를 연상시키는 작곡가로 슬쩍 바뀌게 돼. 최후의 낭만주의 음악가인 말러의 서정적이고 어두운 음악이 삶과 죽음이 하나로 뒤섞인 베네치아와 잘 어울린다고 생각한 것일까?

시를 아는 아이에게 2-5

문학을 사랑하는 최고의 방법?

하나의 사물이 보는 이에 따라서 작은 빗이 되기도 하고, 커다란 귀가 되기도 해. 그러니까 우리가 사는 세계도 크지만, 우리의 상상력은 그보다 수백, 수천 배 더 크고 무한하다고 할 수 있지 않을까?

어떤 유명한 영화인이 영화를 사랑하는 최고의 방법은 스스로 자신의 영화를 만드는 것이라고 했듯이, 문학을 사랑하는 최고의 방법은 결국 문학 작품을 직접 쓰는 것일지도 몰라. 하지만 개인적인 일기나 편지가 아닌 본격적인 시나 소설 작품을 제대로 쓰는 것은 쉽게 도전하기 힘든 일이야. 괴테, 푸시킨, 이상과 같은 천재가 아닌 한 어린 시절에 문학 작품을 쓰는 자신만의 방법을 아는 것은 거의 불가능에 가까운 일이니까 말이야.

하지만 시간이 흐른다고 저절로 좋은 시인이나 작가가 되지 않는 것처럼, 단순히 나이가 어리다고 해서 좋은 작품을 쓸 수 없는 것도 아니야. 오히려 어떤 시인은 자신이 시를 쓸 수 있는 이유로 늘 '어린아이의 마음'을 잃지 않으려고 노력했기 때문이라고 해. "아이는 어른의 아버지"(《무지개》)라는 윌리엄 워즈워스William Wordsworth[1770~1850]의 멋진 시 구절은 역시 글자 뜻 그대로 진실한 말이 아닐까?

> 아버지하고
> 동장네 집에 가서
> 비료를 지고 오는데
> 하도 무거워서
> 눈물이 나왔다.

오다가 쉬는데

아이들이

창고 비료 지고 간다

한다.

내가 제비 보고

제비야,

비료 져다 우리 집에

갖다 다오, 하니

아무 말 안 한다.

제비는 푸른 하늘 다 구경하고

나는 슬픈 생각이 났다.

- 정창교, 〈비료 지기〉

이 시는 1970년대 어느 시골 학생이 자신의 하루를 일기장에
쓰듯이 쓴 작품이야. 세상에 남을 멋진 작품을 쓴다는 생각도 없
이 그저 자신이 겪은 일을 쓴 것이니, 어떤 비유를 하고 무슨 기
법을 사용한 흔적도 없어. 하지만 지금은 중년의 어른이 되었을
이 '아이'가 본 것과 느낀 것에 대하여, 지금 우리도 생생하게 공
감할 수 있지 않니? 이렇게 자신이나 사물을 맑고 참된 눈으로
바라보고 정직하게 쓴 글은, 조금 서툴더라도 얼마든지 충분히

아름답고, 이미 훌륭한 문학 작품이라는 생각이 들어.

영화 〈이티〉를 만든 영화감독 스티븐 스필버그Steven Spielberg 1946~ 는 어린 시절 아버지와 함께 밤하늘 들판에서 본 별똥별의 황홀한 모습을 보고 저 넓은 우주에 어쩌면 착한 외계인이 살고 있을지도 모른다는 생각을 했었다고 해. 영화를 보면 알겠지만 '이티'가 이전에 주로 그려진 다른 외계인들과 다른 점은, 악당이나 침략자가 아니라 어린아이처럼 순수한 영혼을 지닌 연약한 존재라는 점이야. 어쩌면 스필버그의 영화 만들기는 어린 시절 밤하늘 그 들판에서 이미 시작되었다고도 할 수 있지 않을까?

처음부터 무슨 작품을 쓴다고 생각하지 말고 그냥 수첩이나 미니홈피, 블로그, SNS 같은 곳에 기억에 남는 일이나 주변 사람들과 있었던 일, 책, 음악, 그림, 영화에 관한 이야기를 써서 누군가와 나누어 보는 것부터 시작해 보는 것은 어떨까? 너의 그 사소하고 일상적인 기록들이 먼 훗날 한 위대한 작가의 '작가 수첩'이 될지 아무도 몰라. 문학이란 결국 하루하루 나 자신과 나를 둘러싼 사람들 그리고 이 세계에 대한 진실한 사랑을 찾아가는 긴 여행의 기록일 뿐이니까!

시를 아는 아이와 함께 읽기

▶낮에 나온 반달

낮에 나온 반달은 하얀 반달은
해님이 쓰다 버린 쪽박인가요.
꼬부랑 할머니가 물 길러 갈 때
치마끈에 달랑달랑 채워 줬으면.

낮에 나온 반달은 하얀 반달은
해님이 신다 버린 신짝인가요.
우리 아기 아장아장 걸음 배울 때
한쪽 발에 딸깍딸깍 신겨 줬으면.

낮에 나온 반달은 하얀 반달은
해님이 빗다 버린 면빗인가요.
우리 누나 방아 찧고 아픈 팔 쉴 때
흩은 머리 곱게곱게 빗겨 줬으면.

- 윤석중

아이의 손바닥

푸른 하늘을 배경으로 뜬 하얀 낮달은 묘하게 사람들의 상상력을 자극해 왔어. 아동 문학가 윤석중[1911~2003] 선생은 낮달을 보고 '쪽박'이나 '신짝', '면빗'을 떠올렸어. 모두 예전에 일상생활에서 친근하게 사용하던 물건들이야. 이런 평범한 물건을 낮달과 연결지어 어린아이의 따뜻하고 순수한 마음을 잘 표현하고 있어. 그런데 다음 시는 같은 '낮달'이지만 사뭇 다르게 상상하고 있어.

하늘은 가끔씩 신의 음성에겐듯 하얗게 귀를 기울이는 낮달을 두시었다

－서정춘, 〈귀〉

시인은 낮달을 하얀 귀로 보고, 눈에 보이지는 않지만 그 너머 있을지도 모를 어떤 존재를 상상하고 있어. 이렇게 하나의 사물이 보는 이에 따라서 작은 빗이 되기도 하고, 커다란 귀가 되기도 해. 그러니까 우리가 사는 세계도 크지만, 우리의 상상력은 그보다 수백, 수천 배 더 크고 무한하다고 할 수 있지 않을까?

어깨 톡톡!

문학이나 예술에서 공통된 사물이나 사람, 사건에 대하여 전혀 다르게 상상력이 작동하는 예를 찾아보고, 그 까닭을 생각해 볼까?

▶ 모닥불

새끼오리도 헌신짝도 소똥도 갓신창도 개니빠디도 너울쪽도
짚검불도 가랑닢도 머리카락도 헝겊조각도 막대꼬치도 기왓
장도 닭의 짗도 개터럭도 타는 모닥불

재당도 초시도 문장 늙은이도 더부살이 아이도 새사위도 갓
사둔도 나그네도 주인도 할아버지도 손자도 붓장사도 땜쟁
이도 큰 개도 강아지도 모두 모닥불을 쪼인다

모닥불은 어려서 우리 할아버지가 어미 아비 없는 서러운
아이로 불상하니도 몽둥발이가 된 슬픈 력사가 있다.

– 백석

새끼오리: 새끼줄.
갓신창: 가죽신 바닥에 댄 창. '갓신'은 '가죽신'의 고어.
개니빠디: 개의 이빨. '니빠디'는 '이빨'의 평안 방언.
너울쪽: 널빤지.
짚검불: 지푸라기.
닭의 짗: 닭의 깃털. '짗'은 '깃'의 고어, 방언(평안, 함경, 강원)
재당: 향촌의 최고 어른에 대한 존칭.
초시初試: 과거의 첫 시험에 급제한 사람. 또는 한문을 좀 아는 유식한 양반을
높여 이르는 말.
문장門長: 문중에서 항렬과 나이가 제일 위인 사람.
갓사둔: 새 사돈.
불상하니도: '불쌍하니도'의 고어.
몽둥발이: 몽동발이. 딸려 붙었던 것이 다 떨어지고 몸뚱이만 남은 물건.

🗄️ 아이의 손바닥

이 시는 '시인들의 시인'이라는 백석^{1912~1995}의 대표작은 아닐지 몰라도, 적어도 선생님에게는 가장 정이 가는 작품이야. 이 작품을 알고서야 비로소 백석 시인을 기꺼이 예찬할 수 있게 되었단다. 김소월^{1902~1934}, 서정주^{1915~2000}, 김수영^{1921~1968} 같이 이미 현실에서 신화로 넘어간 시인들의 작품은, 그 찬란한 후광 때문에 오히려 감상에 방해를 받기 쉽거든. 처음에 백석 시인도 그랬어.

뛰어난 시적 세계에, 이루지 못한 사랑 이야기가 더해지면서 너도나도 백석, 백석 하니까 오히려 그의 작품을 제대로 읽기 어려웠던 거야. 또, 비슷한 시기에 활동한 시인 중에 여성적이고 섬세한 백석 시인보다 남성적이고 호방한 이용악^{1914~1971} 시인의 작품이 더 좋았었어. 하지만 이 작품을 다시 읽다가 나도 모르게 '아, 참 따뜻하고 아름다운 시'라는 느낌을 받았단다. 세상의 모든 사소하고 버림받은 것들을 향하는 저 섬세하고 촉촉한 눈길을 한번 봐. 이런 사람을 누가 좋아하지 않을 수 있겠니? 이런 시인을 어떻게 사랑하지 않을 수 있겠니!

📓 어깨 톡톡!

백석의 시에 등장하는 음식을 소재로 한 《백석의 맛》^{소래섭, 2009}이라는 책이 있을 정도로 백석의 시에는 다양한 토속 음식이 소재로 등장하는데, 이렇게 음식을 시로 즐겨 다룬 까닭이 무엇일까?

▶진주 귀걸이를 한 소녀^{1665~1666}

- 요하네스 페르메이르

🗄️ 아이의 손바닥

신비로운 미소와 매력 때문에 '북유럽의 모나리자'로도 불리는 이 그림은 17세기 네덜란드에서 살았던 화가 요하네스 페르메이르Johannes Vermeer^{1632~1675}의 작품이야. 페르메이르라는 인물은, 남긴 작품이 몇 되지 않고 그 삶도 거의 알려진 것이 없다고 해. 그런데 작가가 죽은 뒤에, 그가 남긴 작품 중에 특히, 신비로운 소녀의 모습을 그린 이 그림은 많은 사람들에게 풍부한 영감을 주어, 최근에는 같은 이름의 소설(트레이시 슈발리에)¹⁹⁹⁹로 다시 태어났고, 영화(피터 웨버)²⁰⁰³로도 만들어졌어.

살아 있는 소녀의 신비로운 모습을 포착하여 아름답게 그려 낸 화가와, 이를 바탕으로 당시의 삶과 풍속을 잘 그려 낸 소설, 그리고 이를 눈앞에 생생하게 살아 움직이는 모습으로 재현한 영화, 이 세 가지 중에 어느 것이 최고수의 작품일까? 그것은 보는 사람마다 다를 수 있지만 여기서 눈치챌 수 있는 것은, 상상력이라는 것이 전혀 새로운 것을 발명하는 것이라기보다는, 주변에서 무심코 지나칠 수 있는 사람이나 사물을 애정 어린 눈으로 찬찬히 바라보는 과정에서 생겨나는 '진주알'과 같은 것이라는 거야.

 어깨 톡톡!

예술가의 삶이나 예술 작품을 소재로 한 다른 문학 작품이나 영화에는 어떤 것이 있을까?

국어 시간에 영화 읽기!

　문학 작품을 영화로 만드는 것은 예전부터 흔한 일이었어. 사실 웬만큼 유명한 문학 작품이면 거의 한두 편씩은 영화화됐다는 생각이 들어. 그런데 이렇게 문학 작품이 영화화되는 경우가 많아지면서, 문학 작품이 감동적이냐, 그것을 바탕으로 만든 영화가 감동적이냐 하는 논쟁도 생겼어. 가끔 예외는 있지만 대체로 문학 작품 쪽에 손을 들어 주는 경우가 많은 듯해. 하지만 그것이 반드시 문학이 영화보다 우월한 예술 장르라는 근거가 될 수는 없어.

　선생님은, 청소년 시절 학교를 다녔던 어느 지방 중소도시 영화관에서 다시 상영되던 영화 〈바람과 함께 사라지다〉를 처음 봤어. 선생님에게 이 영화는 텔레비전 '주말의 명화'에서 벗어나 실제 극장에서 조금씩 영화를 보기 시작하던 시기에 결정적으로 영화에 대한 관심을 키워 준 작품이었어. 그런데 이 영화의 원작 소설이 따로 있다는 것을 알게 되면서 영화에 대한 관심은 자연스럽게 문학에 대한 관심으로 이어졌어.

특히 이 영화와 원작 소설과 관련해서, 무엇보다 인상 깊었던 것은 미국의 유명한 잡지 《리더스 다이제스트》에 실린 이 영화 제작의 뒷이야기였어.

영화 〈바람과 함께 사라지다〉에 대한 추억과 애정이 가득 담긴 그 글을 보면, 여자 주인공 스칼릿 오하라를 맡을 여배우를 찾는 과정이 자세히 나와 있어. 남자 주인공 레트 버틀러 역은 당대를 주름잡던 배우 클라크 게이블을 염두에 두고 쓴 것처럼 그에게 잘 들어맞아서 쉽게 결정됐는데, 문제는 바로 여주인공이었어. 당시 쟁쟁한 할리우드 여배우들이 모두 물망에 올랐었는데, 결국 그 배역을 맡은 이는 당시 신인급 여배우이던 영국 출신 비비언 리였어.

중요한 그 배역을 연기력이 검증 안 된 비비언 리가 맡게 된 결정인 요인은, 그녀의 '춤추는 듯한 초록빛 눈' 때문이었다고 해. 원작 소설에는 스칼릿이 아일랜드계 아버지와 프랑스계 어머니 사이에서 태어났는데, 그렇게 전형적인 미인은 아니었지만 생명력이 넘치는 "엷은 초록빛 눈"을 지녔다고 나오거든.

이 부분은 영화 제작과 관련된 아주 사소한 에피소드일지 모르지만, 문학과 영화의 서로 다른 '이야기 문법'을 잘 보여 주는 지점이기도 한 것 같아. 그러니까 문학과 영화는 이야기를 풀어 가는 방식이 서로 조금 다르다는 거지. 소설을 읽을 때에는 스칼릿의 눈빛을 상세하게 묘사한 문장을 읽으며 아름다운 눈을 상상하고, 영화 속 비비언 리를 보고는 '소설 속에서 스칼릿이 걸어 나온 것 같네!' 하고 감탄하며 보거든. 그런데 사람들은 누구나 다 가르치지 않아도 자연스럽게 그렇게 하거든. 다른 말로 '내러티브narrative*'라고도 하는 소설이나 영화의 '이야기 문법' 혹은 '이야기 방식'이란 그런 거야.

결국, 문학이든 영화든 중요한 것은 나름의 방식대로 이야기를 잘 풀어 가는 거야. 그래서 앞에서 말한, 원작 소설이 감동적이냐 영화가 더 감동적이냐 하는 오랜 논쟁은 어쩌면 불필요한 것인지 몰라. 문학이든 영화든 각각 좋은 작품이 있고, 나쁜 작품이 있을 뿐이니까.

누군가는 "영화는 문학의 연장延長"(레슬리 피들러)이라고 했지만 그것이 반드시 영화를 문학의 잣대로 모두 이해할 수 있다는 것은 아닐 거야. 하지만 분명히 문학과 영화는 서로 '이야기'로 연결된 좋은 짝이야. 다만 둘 중 하나를 일방적으로 좋아하기보다는, 문학을 공부하다 영화를 좋아하

🌀 **내러티브narrative**

a. 스토리 혹은 실제이거나 허구적인 사건의 설명. 그 내러티브를 전달하는 사람은 '내레이터'(화자).

b. 문학이나 영화에서 자주 쓰이는 말로 흔히 서사라고도 불러. 가장 쉽게 접할 수 있는 내러티브는 신화의 영웅 이야기나 서부영화 같은 거야. 고전문학이나 특히 서부영화처럼 내러티브가 분명하면 비교적 쉽게 몰입할 수 있어. 하지만 점점 이런 작품보다는 복잡한 내러티브, 퍼즐 같은 서사 구조를 지닌 작품들이 쏟아져 나오는 게 현실이야. 문학이나 영화도 이제 '애플'이 그저 '사과'라는 보통명사로 통하던 시대에서 너무 멀리 떠나왔으니까 말이야.

고, 영화를 사랑하다가 문학도 아끼게 되면 참 좋지 않을까. 이제, 우리가 왜 국어 시간에 영화를 읽는지 알 수 있지 않니?

· 시를 아는 아이 **3**

。

위대한 사람은 쓸 시간이 없다?

사람들은 그 속에 삶과 세계에 대한 궁극
적인 답이 있는 것처럼 끙끙대며 쓰고 또
쓰지만, 그러는 동안 정작 스스로 제대로
살 생각은 하지 않는 것은 아닌가? '조르
바'를 꿈꾸었지만 결국 그렇게 살지 못한
'카잔차키스'처럼.

〈그리스인 조르바〉를 쓴 그리스 작가 니코스 카잔차키스Nikos Kazantzakis[1885~1957]는 이렇게 말했어.

"위대한 사람은 살고, 그렇지 못한 사람은 쓴다."

위대한 사람들은 눈앞에서 자신이 만들어 가는 위대한 과업에 몰두하느라 미처 쓸 시간이 없다는 뜻일까? 아니면 카잔차키스 자신처럼, 위대한 삶을 살지 못한 사람들이 고작 문학으로나마 그런 꿈을 표현한다는 '망언'일까?

굳이 말하지 않아도 알겠지만, 문학은 어떤 물음을 던질 때 사상이나 철학처럼 정색하고 던지는 것이 아니라 때로는 이렇게 살짝 비틀어서 던져. 〈그리스인 조르바〉를 통해 젊은 시절 자신이 만난 자유로운 영혼 '조르바'를 이 세상에 알린 카잔차키스는 우리에게 이렇게 묻고 싶었던 것은 아닐까?

사람들은 그 속에 삶과 세계에 대한 궁극적인 답이 있는 것처럼 끙끙대며 쓰고 또 쓰지만, 그러는 동안 정작 스스로 제대로 살 생각은 하지 않는 것은 아닌가? '조르바'를 꿈꾸었지만 결국 그렇게 살지 못한 '카잔차키스'처럼.

여기, 진지한 그리스 작가와 다르게 장난꾸러기 악동이었던 20세기 프랑스의 시인은 어떻게 유쾌한 '한 방'을 날리고 있는지 한 번 볼까?

젊었을 적 나폴레옹은 아주 말랐었지.

그리고 포병 장교였지.

나중에 그는 황제가 되었지.

그러더니 그는 배가 나오고 많은 나라를 집어먹었지.

그가 죽던 날 그는 여전히 배가 나왔지만

그는 훨씬 더 작아졌다네.

-자크 프레베르, 〈불어 작문〉

이 시에 그려진 나폴레옹은, 키 작고 배 나온 것 외에는 우리
가 어릴 때 위인전에서 읽은 나폴레옹과 조금 다르지? 이 시인은
우리가 흔히 위대한 정복자나 영웅으로 칭송하는 나폴레옹을, 사
실은 욕심 많고 탐욕스러운 속물에 지나지 않는다고 생각해. 그
런데 이런 생각을 그냥 그대로 말하는 것이 아니라, 문학적으로
슬쩍 한번 비틀어서 재미있게 보여 주고 있어. 이런 걸 풍자라고
하는데 무덤 속 나폴레옹이 이 시를 읽는다면 속으로 화는 나면
서도 '썩소'(쓴웃음)를 지을 수밖에 없을 거야.

그런데 이렇게 세상 사람들의 풍자 대상이 되면서도 나폴레옹
과 같이 '영광'을 꿈꾸는 인물들은 끊임없이 이 세상에 다시 나
타나. 이 시인이 살았던 때에도 히틀러와 같은 과대망상증 환자
들이 나타나 자신과 수많은 사람들을 함께 불행하게 만들었거든.

시인은 이처럼 반복되는 역사를 보면서 이런 인물과, 동시에 그런 인물을 맹목적으로 따르는 사람들의 어리석음을 꼬집고 싶었는지도 몰라.

이처럼 모든 문학 작품에는 쓴 사람의 창작 동기와 의도가 있어. 그건 어쩌면 너무 당연한 일이기도 한데, 그런 동기나 의도에는 창작자의 개인적인 삶과 밀접한 경우도 있고, 작가가 살던 시대의 사회·문화적인 상황과 관련된 때도 있어. 하지만 결국 개인적 삶과 사회·문화적 상황이라는 것도 별개가 아니라 서로 영향을 주고받는 관계라서 딱 잘라 나누기는 힘들어.

얼마 전 작고한 작가 박완서[1931~2011] 선생의 등단작 〈나목〉에는 6·25전쟁 시기 서울에서 힘겹게 살아가는 사람들의 모습이 생생하게 잘 그려져 있어. 이 작품은 널리 알려진 것처럼, 한국인이 가장 사랑하는 화가 박수근과 작가의 실제 인연이 그 바탕을 이루고 있어. 그러니까 작가에게는, 온몸으로 겪은 전쟁을 훗날 사람들에게 문학 작품으로 기록하여 남기려는 의도도 있었겠지만, 그보다 더 직접적인 것은 오랜 시간이 흐른 후 우연히 전시회에서 만난 박수근의 그림(〈나무와 두 여인〉)에서 받은 강렬한 인상이 더 컸던 것 같아. 한 그루 듬직한 나무처럼 자신과 함께 어려운 시절을 함께 견딘 선량한 화가에 대한 인간적인 미안함, 고마움을 이 작품을 통해 뒤늦게 마음으로나마 갚고 싶었던 것인지 몰라.

너도 언제가 문득, 그리운 사람과 아름다운 시절을 나름의 방식으로 추억하고 싶은 열망이 생길지도 몰라. 그런 소박하고 순수한 마음이야말로 이 세상 모든 글쓰기의 처음과 끝이고, 위대한 문학 작품을 품은 씨앗인지 몰라. 그 마음이야말로 어리석은 영웅들의 헛된 야심보다 훨씬 더 값진 것이 아닐까?

▶적과 흑

1830년에 스탕달이 발표한 19세기 프랑스 문학의 걸작이다. 나폴레옹 제정 이후 들어선 반동적 왕정복고 체제하에서 강한 신분 상승의 의지를 지닌 젊은이가 사회에 나가 갈등하고 좌절하는 과정을 기록했다. 연애 이야기처럼 보이는 이 소설은 당시의 사회와 문화를 고스란히 보여 주면서 정치와 계급으로 얽힌 프랑스 사회를 예리하게 간파해 내고 있다.

- 스탕달

아이의 손바닥

문학사상 가장 매력적인 주인공 중 한 명으로 손꼽히는 인물이 바로 〈적과 흑〉의 주인공 쥘리앵 소렐이야. 연애 심리의 대가인 스탕달Stendhal¹⁷⁸³~¹⁸⁴²의 작품답게 소설에는 쥘리앵이 지방의 귀족 부인, 파리의 명문 귀족의 딸과 연이어 나누는 연애 사건이 잘 그려져 있어. 주인공은 지방의 가난한 집안 출신이지만 자신의 재능을 이용해 출세를 꿈꾸다 결국 추락하는 인물이야. 그 과정에서 순수한 사랑과 냉혹한 야심 사이에서 끊임없이 고뇌하는데, 이런 젊은이는 과거뿐 아니라 현실에도 항상 존재하는 인물이지?

현대판 〈적과 흑〉이라고 할, 할리우드 고전 영화 〈젊은이의 양지〉(조지 스티븐스)¹⁹⁵¹도 결국 남자 주인공이 가난하고 순수한 여인과, 부유하고 매력적인 여자 사이에서 갈등하다 결국 파멸하는 이야기거든. 그런데 순진한 쥘리앵이 이런 신분 상승의 꿈을 꾸도록 한 롤 모델role model[▪]이 다름 아닌 나폴레옹이라는 점은 의미심장해. 나폴레옹은 혁명의 혼란을 틈타 가난한 시골 귀족에서 황제에까지 오른 인물이잖아? 그러니까 쥘리앵 소렐은 나폴레옹의 '정신적 아들'이었던 셈이야.

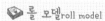 롤 모델roll model

a. 자기가 마땅히 해야 할 직책이나 임무 따위의 본보기가 되는 대상이나 모범.
b. 요즘은 꿈을 꾼다는 말을 곧 자신의 살아 있는 롤 모델을 찾는다고 바꿔 부르는 듯해. 그러니까 롤 모델은 미래에 그렇게 될, 그 꿈의 아바타(화신)라고 할까?

 어깨 톡톡!

이 소설의 제목이 된 두 가지 색깔(붉은색과 검은색)은 쥘리앵이 추구했던 어떤 신분을 상징하는 옷의 색깔이기도 한데, 그 두 가지 신분은 각각 무엇일까?

▶ 세한도¹⁸⁴⁴

- 김정희

아이의 손바닥

〈세한도〉는 추사체로 널리 알려진 추사 김정희^{1786~1856}의 대표
작인데, 제주도에 귀양 살 때 먼 길을 찾아온 제자 이상적에 대한
고마움을 담은 작품으로 알려져 있어.

'세한歲寒'은 말 그대로 한겨울 추위를 말하는데, "한겨울 추위
가 지난 뒤에야 소나무와 잣나무가 늦게 시듦을 안다"라는《논
어》의 한 부분에서 온 말이야. 여기서 소나무와 잣나무는 세상의
이해관계에 얽매이지 않고 변함없이 스승에 대한 공경과 의리를
잃지 않았던 이상적을 상징해. 그러니까 〈세한도〉는 파란만장한
삶을 살며, 인생의 가장 높은 꼭대기와 밑바닥을 모두 경험한 추
사가 그의 말년에 세상사에 대한 높은 안목과 삶의 진실을 담아
낸 작품이야. 무심한 듯 간결하게 그린 오두막 옆 곧게 뻗은 잣나

무와 이에 기댄 늙은 소나무는 제자 이상적과 추사의 쓸쓸하고
도 아름다운 모습 같지 않니?

 어깨 톡톡!

〈세한도〉처럼, 작품에 얽힌 '이야기'가 함께 전해져 더 가치가 높은 그림에는 어떤
것들이 있을까?

▶흐르는 강물처럼¹⁹⁹³

-로버트 레드퍼드

📺아이의 손바닥

영화 〈흐르는 강물처럼〉(로버트 레드퍼드)¹⁹⁹³을 떠올릴 때마다 무엇보다 먼저, 멋진 영화 포스터는 이미 훌륭한 예술 작품이라는 생각이 들어. 개봉한 지 20년이나 된 영화이지만 적어도 선생님은 아직도 이 영화의 포스터만큼 그 자체로 아름답고 나아가 그 영화를 보고 싶게 만드는 포스터를 본 적이 없단다. 하지만 실제로 처음 이 영화를 보고 또 즐겨 보게 된 지는 10년도 채 안 되었어. 포스터가 너무 유명해서 나도 모르게 마치 이 영화를 이미 본 듯한 착각(?)을 불러일으켰기 때문일까? 하지만 자전적 소설을 원작으로 이 영화 자체도 포스터 못지않게 아름다운 화면과 따뜻한 이야기가 잔잔히 흘러.

서로 개성이 다른 형제가 대자연과 가족, 그리고 종교적 분위기 속에서 낚시를 통해 우정을 쌓으며 성장해 가는 모습이 추억의 사진 앨범처럼 펼쳐진단다. 그런데 원작자(노먼 매클레인)가 작품을 쓰게 된 동기는 무엇보다, 영화의 마지막 부분에도 나오지만, 사랑하는 동생(폴)의 갑작스럽고 우연한 죽음이었던 듯해. 자유분방하고 누구보다 낚시를 사랑했던 그를 추모하며, 목사였던 아버지는 이렇게 차분히 이야기해.

"완전하게 이해할 수는 없어도 완벽하게 사랑할 수는 있습니다."

 어깨 톡톡!

이 영화는, 작품의 내레이터(화자)인 형(노먼)이 고향을 떠나 대학을 마치고 다시 기차로 돌아오면서 본격적으로 이야기가 시작되는데, 이렇게 주인공이 귀향하면서 주요 사건이 펼쳐지는 소설이나 영화에는 어떤 것이 있을까?

알베르 카뮈 & 장폴 사르트르

20세기 프랑스를 대표하는 지성인이자 작가였던 두 사람은 각자 유명하기도 하지만 함께 벌였던 치열한 논쟁으로도 유명해. 이 역사적인 논쟁으로 인해, 마치 인터넷 연관 검색어처럼 두 사람이 나란히 등장하는 경우가 많으니까 말이야. 법정 스릴러라는 영화 장르가 있는 것처럼 문학에도 지상 논쟁이라는 것이 있어서, 때로 글을 쓰는 사람들은 펜으로 전쟁보다 더 치열한 전쟁을 벌여 왔어. 젊은 시절부터 레지스탕스 동지로, 논객으로, 소설가로 나란히 함께 빛나는 길을 걸었던 두 사람은, 이념과 정치적 입장의 차이를 극복하지 못한 채 다시는 함께 '하나의 별'을 보며 걸어가지 못했어. 아, 그래, "별이 빛나는 창공을 보고, 갈 수가 있고 또 가야만 하는 길의 지도를 읽을 수 있던 시대는 얼마나 행복했던가? 그리고 별빛이 그 길을 훤히 밝혀 주던 시대는 얼마나 행복했던가?"(죄르지 루카치)

고전은 영원한 '지금, 우리'의 이야기?

오디세우스의 모험은 오랜 세월 여러 사람들에게 영감을 주었어. 그래서 '호메로스'는 여전히 살아 있는 시인이고, 〈오디세이〉는 언제나 새롭게 태어나는 이야기인 셈이야. 시인과 작가의 진정한 죽음은 그 몸이 눈을 감고 이 세상을 떠날 때가 아니라, 그 이름과 작품이 사람들에게 완전히 잊힐 때 비로소 찾아오는 것이니까!

'오디세이Odyssey'라는 말을 들어 본 적이 있니? 물론 사전에는 친절하게 이렇게 나와 있어.

호메로스가 기원전 8세기 무렵에 지은 고대 그리스의 장편 서사시. 트로이 원정에 성공한 영웅 오디세우스(영어로는 율리 시스Ulysses)가 겪은 표류담과 고향 이타카Ithaca 섬에 돌아오 기까지 10여 년 동안 정절을 지킨 아내 페넬로페와의 재회 담, 아내에게 구혼한 자들에 대한 복수담으로 이루어져 있 다. 24권.

그런데 이렇게 하나의 말은, 사전 속에 갇혀 있는 뜻만 알았다 고 해서 다 알았다고 할 수 없어. 동물원 우리 속에 갇힌 나른한 눈빛을 한 사자의 모습이 '백수의 왕' 사자의 참모습이 아니듯이 말이야.

그래, '오디세이'란 말은 사전의 정의대로 기본적으로는 고대 그 리스의 시인 호메로스가 지은 바로 그 서양의 고전 작품을 가리 켜. 그런데 이런 경우는 어떨까? 〈클래식 오디세이〉(텔레비전 프로 그램), 〈미학 오디세이〉(책), 〈2001: 스페이스 오디세이〉(영화)……. 이때에는 작품 자체를 가리키는 것이 아니라, 본래의 의미를 넓 혀서, 어떤 목표를 향해 나아가는 '여정'이나 '장정'이라는 의미까지 담기게 돼. 그냥 쉬운 말로 하면 될 것을 왜 이렇게 어려운 말을 쓴 것일까? 먼저, 조금 겉멋을 내려고 한 점도 있어. 그렇다면 다른 이유는 없을까?

무엇보다, 제임스 조이스James Joyce^{1882~1941}의 소설 〈율리시스〉, 영화 〈율리시스〉, 만화 〈호메로스가 간다〉처럼 호메로스의 〈오디세이〉를 바탕으로 하거나 관련된 작품은 수없이 많아서, 〈오디세이〉나 그 작품들을 직접 접하거나 배경 지식을 지닌 사람은 '오디세이'라는 말에 담긴 풍부한 의미를 즉각적으로 파악하게 되기 때문일 거야. 그럼, '오디세이'가 녹아 있는 실제 작품을 한번 살펴볼까?

경이에 지친 율리시스는
멀리 검허한 초록의 이타카가 보였을 때
애정으로 눈물을 흘렸다고 하지.
예술은 경이가 아니라 초록의 영원인 그 이타카

―호르헤 루이스 보르헤스, 〈시학〉(부분)

이렇게 오디세우스의 모험은 오랜 세월 여러 사람들에게 영감을 주었어. 그래서 호메로스는 여전히 살아 있는 시인이고, 〈오디세이〉는 언제나 새롭게 태어나는 이야기인 셈이야. 시인과 작가의 진정한 죽음은 그 몸이 눈을 감고 이 세상을 떠날 때가 아니라, 그 이름과 작품이 사람들에게 완전히 잊힐 때 비로소 찾아오는 것이니까!

▶이방인

1942년에 발표된 알베르 카뮈의 소설이다. 낯선 인물과 독창적인
형식으로 이 소설은 출간 이후 한순간도 프랑스 베스트셀러 목록
에서 빠진 적이 없는 걸작이 되었다. 카뮈는 영웅적인 태도를 취하
지 않으면서 진실을 위해서는 죽음도 마다하지 않는 뫼르소라는
인물을 통해 관습과 규칙에서 벗어난 새로운 인간상을 제시한다.
현실에서 소외되어 이방인으로 살아가는 현대인이 죽음을 앞두고
비로소 마주하는 실존의 체험을 강렬하게 그린 작품이다.

- 알베르 카뮈

🪙아이의 손바닥

잘 알려진 대로 〈이방인〉은 알베르 카뮈의 데뷔작이자 대표작
이야. 흔히 〈이방인〉의 줄거리를 단순화해서 '태양 때문에 우연히
살인을 하는 이야기'로 알고 있지만, 사실 이렇게 한두 줄로 요약
되지 않는 게 문학이고 예술 작품이야.

실제 작품을 읽어 보면, 전반부는 태양과 바다를 호흡하며 살

아가는 평범한 주인공이 나오는데, 그의 생활은 조금 단조롭기는 해도 생명력이 가득해. 주어진 삶을 충실하게 살아가는 것이 인간의 가장 큰 목적이라고 볼 때, 어쩌면 주인공의 삶은 가장 '인간적인' 삶이라고 할 수 있어. 이렇게 평범한 이웃 청년이 우연히 살인을 저지르고 도덕, 제도, 관습의 잣대 위에 올라가자마자 너무나 낯선 괴물, 그러니까 '이방인'이 되어 버리는 거야. 하지만 카뮈는 어둠 속 연극의 연출자처럼, 투명한 유리 속에 든 한 인간을 그려 보여 줄 뿐이야. 어리석고 모순되지만 그게 바로 우리 모두가 살아가는 삶이라는 듯이 말이야. 물론 오늘, 여기의 우리도!

 어깨 톡톡!

극단의 배우이기도 했던 젊은 시절 카뮈와 많이 닮았던, 유명한 할리우드 배우는 누구일까?

▶어디서 무엇이 되어 다시 만나랴¹⁹⁷⁰

- 김환기

아이의 손바닥

수많은 푸른 점을 찍어 그린, 수화 김환기^{1913~1974}의 이 그림은
얼핏 참 단순하게 보여. 그런데 좀 더 가까이 가서 보면, 하얀 무
명 천을 캔버스 삼아 그 위에 물감으로 점을 찍고, 사각형으로
돌려 싸는 지루하고 힘겨운 작업을 수없이 반복해서 그렸다는 것
을 알 수 있어. 이렇게 만들어진 점들을 보면, 생물 시간에 현미
경으로 본 세포 같기도 하고, 아슴푸레 별이 빛나는 밤하늘 같기

147

도 해. 그런데 이 작품의 조금 독특한 제목은 다음 김광섭 시인
의 〈저녁에〉[1969]라는 시의 한 구절에서 온 것이라고 해.

저렇게 많은 별 중에서
별 하나가 나를 내려다본다.
이렇게 많은 사람 중에서
그 별 하나를 쳐다본다.

밤이 깊을수록
별은 밝음 속에 사라지고
나는 어둠 속에 사라진다.

이렇게 정다운
너 하나 나 하나는
어디서 무엇이 되어
다시 만나랴.

이 시의 내용으로도 짐작할 수 있듯이, 이 그림은 화가가 미국
의 거대 도시 뉴욕의 밤하늘을 올려다보며 친구들과 고향을 그
리는 마음을 표현한 작품이라고 해. 한평생 도쿄와 서울, 파리와

뉴욕을 떠돌며 서양화 기법을 바탕으로 한국적인 것을 표현하려고 했던 '멋의 화가'가 끝내 다다른 곳은, 결국 인간의 근원적인 외로움과 그리움이었나 봐. 그런데 이렇게 무슨 씨앗이나 불씨처럼, 시인으로부터 화가로 전해져 또 새롭게 꽃피고 빛나는 '예술의 은하계'가 참 신비롭지 않니?

 어깨 톡톡!
"그림은 말 없는 시이고, 시는 말하는 그림"이라는 말을 들어 본 적 있니?

▶모던 타임스^{1936}

- 찰리 채플린

🎞️아이의 손바닥

영화 〈모던 타임스〉(찰리 채플린)^{1936}는 본 적 없어도, 콧수염과
중절모, 지팡이와 몸에 잘 맞지 않는 양복, 구두, 이러한 영화 속
찰리 채플린$^{1889~1977}$의 모습을 모르는 사람은 거의 없을 거야. 언
제나 채플린은 그런 모습으로 등장해 영화 내내 웃기다가 마지막
에는 짠한 감동을 주고는 해.

영화 〈모던 타임스〉는 제목의 뜻 그대로 '현대'를 살아가는 사
람들의 괴로움과 슬픔, 그리고 희망에 대해 그린 작품이야. 주인
공이 거대한 톱니바퀴 속에 잘못 들어가 우아한(?) 곡선을 그리
며 돌다가 겨우 밖으로 빠져나오는 부분은 산업화, 기계화 시대
에 소외된 인간의 처지를 어떤 글이나 그림보다 생생하게 보여

주는 명장면으로 알려져 있어.

채플린이 살았던 20세기 초·중반과 디지털 혁명을 겪고 있는 현대를 같이 비교할 수는 없지만, '기계문명에 의한 인간소외'라는 문제는 지금도 여전히 계속되는 문제인 것 같아. 그래서 영화의 마지막 장면에서 길을 나서는 두 사람의 뒷모습이, 어쩌면 끝이 아니라 새로운 시작 같다는 느낌이 드는지 몰라. 지금 우리가 살아가는 디지털 시대를 배경으로 '나의 21세기 모던 타임스'를 찍는다면 너는 그 영화 속에 어떤 장면들을 넣고 싶니?

 어깨 톡톡!

최근 〈아티스트〉(미셸 하자나비시우스)²⁰¹²라는 흑백 무성영화가 아카데미 작품상을 받아 세상을 깜짝 놀라게 하기도 했는데, 유성영화와 다른 무성영화의 장점이나 매력에는 어떤 것이 있을까?

김용준 & 김환기

1930~40년대에 미술인 근원 김용준과 수화 김환기 두 사람은
서울 성북동의 '노시산방'(후에 수향산방)이라는 장소를 차례로
물려 쓰며 예술적, 인간적 인연을 이어 갔다고 해. 그림과 글에
모두 뛰어난 예인이었던 김용준은 열 살 가까이 어린 후배 화
가 김환기를 향한 따뜻한 애정을 글과 그림으로 남겨 놓았어.
1947년 노시산방을 찾은 김환기의 모습을 그린 그림((수화 소노
인 가부좌상))을 보면, '애어른'(소노인)이라고 살짝 비꼬며 격의
없이 어울리는 두 사람의 아름다운 모습이 떠오르는 듯해.

새롭게 해석될수록 더 빛나는 작품?

작품에 대한 해석도 '영산'처럼 고정된 모습으로 늘 그 자리에 있는 것이라기보다, '나만의 영산'을 찾아 스스로 질문하고 답하면서 새롭게 그려 가는 것인지도 몰라. 그것이 모래성처럼, 또는 하루 종일 지나온 달팽이의 힘겨운 흔적처럼 잠시 반짝이다 이내 덧없이 사라지는 것이라 해도!

앞서 함께 읽은 조지 오웰의 소설 〈동물 농장〉을 보면, 주인인 사람을 쫓아낸 돼지들이 점점 더 자신들이 그렇게 증오하던 사람의 모습과 행동을 닮아 가게 돼. 왜 돼지들은 동물들을 대표해서 동물들이 살기 좋은 세상을 만들려던 처음의 순수함을 잃고 탐욕과 이기심으로 스스로 타락해 가는 것일까? 그런데 이것이 도대체 무슨 이야기일까?

이 작품을 그냥 재미있는 '동물 이야기'로 읽을 수도 있지만 그렇게만 읽기에는 무언가 허전한 것 같아. 어쩌면, 작가와 독자 모두 어떤 인물과 어떤 세계에 대하여 이야기하고 있는지 반쯤은 알고 시작하는 이야기라고 할까? 우리가 잘 아는 이솝 우화나 전래 동화와 비슷하면서도 그 뒤에 무언가 진짜 하고 싶은 이야기를 살짝 숨기고 있는 것 같지? 가끔 어떤 문학 작품은 왜 이렇게 하고 싶은 이야기를 짐짓 감추고 딴 이야기를 하는 것 같을까?

다음 작품을 한번 볼까?

내 어렸을 적 고향에는 신비로운 산이 하나 있었다.
아무도 올라가 본 적이 없는 영산이었다.

영산은 낮에 보이지 않았다.
산허리까지 잠긴 짙은 안개와 그 위를 덮은 구름으로 하여 영산은 어렴풋이 그 있는 곳만을 짐작할 수 있을 뿐이었다.

영산은 밤에도 잘 보이지 않았다.
구름 없이 맑은 밤하늘 달빛 속에 또는 별빛 속에 거무스레
그 모습을 나타내는 수도 있지만 그 모양이 어떠하며 높이가
얼마나 되는지는 알 수 없었다.

내 마음을 떠나지 않는 영산을 불현듯 보고 싶어 고속버스
를 타고 고향에 내려갔더니 이상하게도 영산은 온데간데없
어지고 이미 낯선 마을 사람들에게 물어보니 그런 산은 이
곳에 없다고 한다.

- 김광규, 〈영산〉

겉으로는, 이 시는 시적 화자의 단순한 경험이 쉽고 간결한 문
장에 담겨 있어서 드러난 내용을 이해하는 데에는 별로 어려울
것이 없어. 그런데 끝까지 한 번 읽고, 이상해서 다시 읽어도 '그
래서 뭐 어떻다는 거야?' 하는 '질문'만 남고 '해답'은 잘 떠오르
지 않아. '영산'은 뭘까? '영산'은 실제 있는 산일까, 없는 산일까?
…… 그저, 이렇게 질문이 끝없이 이어지게 하려는 것이 이 시의
깊은 뜻일까?

그런데 이 작품을 다르게, 구체적인 내용을 담은 시가 아니라, 진정한 자신의 삶과 세계관을 찾아가는 과정을 '자기만의 영산'을 찾는 과정에 비유한 시로 생각해 보는 것은 어떨까? 왜, 어릴 때 분명하게 알고 있다고 생각했던 것이 시간이 흐르면서 점점 불분명해지다가 끝내는 도무지 알 수 없다는 느낌에 빠지는 일이 있지 않니? 이때에야 비로소 '나'는 지금까지 당연한 것으로 생각했던 것들을 의심해 보고 삶과 세상을 새롭게 보기 시작하지 않니?

그런데 재미있는 것은, 이렇게 '자신'을 찾아가는 과정이, 하나의 작품을 이해하는 것과 아주 비슷하다는 거야. 그러니까 작품에 대한 해석도 '영산'처럼 고정된 모습으로 늘 그 자리에 있는 것이라기보다, '나만의 영산'을 찾아 스스로 질문하고 답하면서 새롭게 그려 가는 것인지도 몰라. 그것이 모래성처럼, 또는 하루 종일 지나온 달팽이의 힘겨운 흔적처럼 잠시 반짝이다 이내 덧없이 사라지는 것이라 해도!

▶산문시 1

스칸디나비아라든가 뭐라구 하는 고장에서는 아름다운 석
양 대통령이라고 하는 직업을 가진 아저씨가 꽃리본 단 딸아
이의 손 이끌고 백화점 거리 칫솔 사러 나오신단다. 탄광 퇴
근하는 광부들의 작업복 뒷주머니마다엔 기름 묻은 책 하이
데거 러셀 헤밍웨이 장자 휴가여행 떠나는 국무총리 서울역
삼등 대합실 매표구 앞을 뙤약볕 흡쓰며 줄지어 서 있을 때
그걸 본 서울역장 기쁘시겠오라는 인사 한마디 남길 뿐 평화
스러이 자기 사무실 문 열고 들어가더란다 남해에서 북강까
지 넘실대는 물결 동해에서 서해까지 팔랑대는 꽃밭 땅에서
하늘로 치솟는 무지개빛 분수 이름은 잊었지만 뭐라군가 불
리우는 그 중립국에선 하나에서 백까지가 다 대학 나온 농
민들 추럭을 두 대씩이나 가지고 대리석 별장에서 산다지만
대통령 이름은 잘 몰라도 새 이름 꽃 이름 지휘자 이름 극작
가 이름은 훤하더란다 애당초 어느 쪽 패거리에도 총 쏘는
야만엔 가담치 않기로 작정한 그 지성 그래서 어린이들은 사

람 죽이는 시늉을 아니하고도 아름다운 놀이 꽃동산처럼 풍
요로운 나라, 억만금을 준대도 싫었다 자기네 포도밭은 사
람 상처 내는 미사일기지도 탱크 기지도 들어올 수 없소 끝
끝내 사나이나라 배짱 지킨 국민들, 반도의 달밤 무너진 성
터가의 입맞춤이며 푸짐한 타작소리 춤 사색뿐 하늘로 가는
길가엔 황토빛 노을 물든 석양 대통령이라고 하는 직함을 가
진 신사가 자전거 꽁무니에 막걸리병을 싣고 삼십 리 시골길
시인의 집을 놀러 가더란다.

– 신동엽

아이의 손바닥

시로 그린 유토피아Utopia(이상향)"란 아마 이런 모습일 거야. 〈금
강〉과 〈종로 5가〉와 같은 시들을 통해 우리 삶과 역사의 아픈 상
처를 치열하게 그린 신동엽1930~1969 시인이, 이 시에서는 맑고 차
분한 시선으로 자신이 꿈꾸는 세상을 이렇게 그려 보여 주고 있
어. 그런데 유토피아란 이름 그대로 현실에는 존재하지 않는 것이
지만, 시인은 이동식 카메라를 들고 촬영하듯이 우아한 카메라
워크로 실제로는 존재하지 않는 그 나라를 우리에게 소개하고(?)
있어. 이 세상에 존재하지도 않는 나라를 그리고 있는 이 시가 정
말 그리고 싶은 꿈은 무엇일까?

이상향이란 어쩌면 현실을 거울에 비추되, 정반대로 비춘 모습인지 몰라. 그래서 이 시에서 시인이 그려 보이는 세상이 아름다울수록, 한편으로는 아프고 서글프게 느껴지는지도 몰라. 하지만 꿈은, 겨울 밤하늘의 저 북극성처럼 영원히 도달할 수는 없지만, 늘 그 자리에서 변함없이 빛남으로써 우리가 길을 잃지 않도록 해 주기 때문에 참으로 아름다운 것은 아닐까?

 유토피아 utopia

a. 어느 곳에도 없는 장소라는 뜻으로, 1515년에서 1516년 사이에 영국의 토머스 모어가 지은 공상 사회소설에서 유래한 이상향.
b. 정말 인간에게 유토피아란 밤하늘의 별(북극성)과 같은 것이 아닐까? 결코 그곳에 다다를 수는 없겠지만 영원히 하늘에 떠서 늘 그 방향으로 이끄는, 세상에서 제일 큰 '나침반' 말이야.

 어깨 톡톡!

역사나 문학 작품 속 인물 중에서, '산문시1'에 등장하는 '석양 대통령'과 가장 비슷하다고 생각하는 사람은 누구니?

▶즐거운 비 1976

-서세옥

아이의 손바닥

때로는 단순한 질문이 오히려 더 이해하기 힘들지? 예를 들어, "파란색이란 무엇일까?"라는 간단한(?) 물음처럼. 원로 화가 서세옥 1929~ 선생이 그린 이 천진난만한 그림을 한번 봐. 너무 단순해서 무얼 그린 것인지 금방 알 수 있지. 잘 모르겠으면 '즐거운 비'라는 제목을 참고하면 쉽게 알 수 있을 거야. '무제'라는, 제목 아닌 제목을 붙이는 경우도 있지만, 시나 소설처럼 기본적으로 그림의 제목도 화가가 표현하려고 하는 대상이나 주제를 가리켜.

그런데 이 그림은 먹의 번짐으로 구름이 생기고 비가 쏟아지는 실제 모습을 보이는 대로 그린 것은 아니지? 그래, 그러고 보니 그림에 표정이 있는 것 같아. 울상을 하고 있는 것 같기도 하고, 천진하게 웃는 것 같기도 하고……. 이 그림은 수학의 '경우의 수' 처럼 보기에 따라 여러 가지 표정을 읽을 수 있다는 점이 참 재미있는 듯해. 보는 사람에 따라 '즐거운 비'가 아니라 '우울한 비'가 될 수도 있는. 마치 이 그림처럼, 하나의 정답이 아니라 보는 눈에 따라 다양하게 상상하며 볼 수 있는 '자유'를 주는 것이 문학이나 예술의 멋진 점이 아닐까?

 어깨 톡톡!

이 작품을 바탕으로 만든 《즐거운 비》김향수, 2006라는 그림책을 한번 찾아 읽어 볼까?

▶나무를 심은 사람

1953년 처음 발표되었다. 이야기의 화자는 프로방스 지방으로 뻗어
내린 알프스 산악 지대를 걸어서 여행하다가 수만 그루의 나무를
심으며 혼자 살아가는 양치기 엘제아르 부피에를 만난다. 그는 황
폐한 땅에 생명을 불어넣기 위해 몇 십 년 동안 양을 키우고, 벌을
치면서 나무를 심어 왔다. 나무를 심은 지 40년 후, 황무지는 거대
한 숲이 되고, 마을이 생기고, 웃음이 돌아온다. 자신의 신념을 굽
히지 않고, 그것을 어떤 이념으로도 겉치레하지 않고 나무를 심었
던 사람의 이야기.

-장 지오노

아이의 손바닥

프랑스 작가 장 지오노Jean Giono¹⁸⁹⁵~¹⁹⁷⁰가 쓴 〈나무를 심은
사람〉은 초등학교 및 중학교의 여러 국어 교과서에 실리는 등 우
리에게도 널리 알려진, 단순하면서도 감동적인 이야기야. 오랜 시
간이 흐른 후 어쩌면 이 작품은, 선생님과 같은 또래가 학창 시절
에 배운 너새니얼 호손Nathaniel Hawthorne¹⁸⁰⁴~¹⁸⁶⁴의 〈큰 바위 얼
굴〉과 같이 두고두고 기억에 남을 작품이 될지 몰라. 이렇게 한
세대가, 감수성이 예민한 시절에 공통적으로 경험하는 문학이나

예술 작품은 작품 자체의 가치와 별개로 또 다른 소중한 가치가 있다고 생각해.

〈나무를 심은 사람〉도 교과서가 사랑하는 다른 작품들처럼 가르치기 좋은 교훈이 담겨 있어. 자신이 해야 할 일을 묵묵히 성실하게 하고, 우리의 소중한 환경을 살리는 일에 힘쓰자는 현실적 교훈 말이야. 하지만 그렇게만 가르치고 배울 거면 굳이 국어 시간에 이 소설을 읽을 필요가 있을까? 현실을 넘어서는 꿈과 희망이 담긴 이 아름다운 이야기에서, 양치기 노인이 나무를 심어 간 공간의 넓이와, 걸어간 세월의 길이와, 외로움의 깊이까지 함께 읽지 않을 거면……

 어깨 톡톡!

장 지오노는 자신이 태어난 프로방스의 작은 마을 마노스크라는 곳에서 거의 모든 생애를 보내며 작품 활동을 한 것으로도 유명한데, 이렇게 어느 한 곳에 깊이 뿌리내린 삶은 그 작가의 작품 세계에 어떤 영향을 줄까?

기억할 만한 마주침
작가&예술가

윤동주 & 정지용

까까머리 중학생 시절부터 윤동주는 정지용 시인의 팬이었다고
해. 당시 날카로운 감각과 투명한 언어로 시단을 주도하던 정지
용의 시집을 베껴 가면서 시 공부를 했다고 해. 시인이라는 이
름이 더없이 잘 어울리는 윤동주 시인이지만, 정작 살았을 때에
는 한 번도 공식적으로 시인이라는 이름으로 불리지 못했단다.
습작 노트 속에 남은 보석 같은 시들을 모아 시집《하늘과 바람
과 별과 시》을 만들고 시인이라는 드높은 월계관을 씌워 준 그
의 벗과 지인들에게 이 순수한 시인은 뭐라고 했을까? 그저 흠
모하던 정지용 시인의 따뜻한 격려의 말 한마디면 세상 무엇보
다 행복해하지 않았을까?

아름다움을 가장 잘 아는 이가 그 작품의 주인?

좋은 시를 남긴 사람들은 대부분 이렇게 좋은 작품 하나를 쓰기 위해 오랫동안 공을 들인 분들이야. 이것은 사랑하는 사람의 마음을 '얻기' 위해 오랫동안 정성을 들이는 것과도 비슷해. 시도, 누군가의 마음도, 내 마음대로 뺏는 것이 아니라 말 그대로 고맙게 '얻는' 거니까 말이야.

때로는, 시나 소설의 깊은 의미를 잘 읽어 낸 비평문은 해석의 대상이 된 작품만큼이나 큰 울림을 주기도 해. 1989년 젊은 나이로 세상을 떠난 기형도$^{1960~1989}$ 시인의 시집《입 속의 검은 잎》은 시인의 예리한 감성으로 암울한 1980년대의 내면 풍경을 잘 그려 내어 우리 문학의 신화가 된 작품이야. 그런데 문학을 공부하는 사람들에게 이 시집 못지않게 깊은 감동을 주는 글이 그 시집의 뒤에 실린 문학 평론가 김현$^{1942~1990}$의 비평문이었어.

첫 시집도 나오기도 전에 죽은 시인의 혼을 위로하면서, 그 시집의 밑바닥에 흐르는 시인의 어두운 내면을 '죽음'의 이미지로 읽어 낸 글이야. 어쩌면 김현이라는 뛰어난 비평가의 눈길을 받지 못했다면, 흔히 말하는 '기형도 현상'은 일어나지 않았을지도 몰라. 이렇게 문학에는 작품을 쓰는 사람과 함께 그 작품에 담긴 깊은 의미를 밝혀 줄 사람이 함께 필요하단다.

미당 서정주의 시집《질마재 신화》를 보면 '알묏집 개피떡'이라는 재미있는 작품이 있어.

알뫼라는 마을에서 시집 와서 아무것도 없는 홀어미가 되어버린 알묏댁은 보름사리 그득한 바닷물 우에 보름달이 뜰 무렵이면 행실이 궂어져서 서방질을 한다는 소문이 퍼져, 마을 사람들은 그네에게서 외면을 하고 지냈습니다만, 하늘에

달이 없는 그믐께에는 사정은 그와 아주 딴판이 되었습니다.

음陰 스무날 무렵부터 다음 달 열흘까지 그네가 만든 개 피떡 광주리를 안고 마을을 돌며 팔러 다닐 때에는 '떡맛하 고 떡 맵시사 역시 알못집네를 당할 사람이 없지' 모두 흡족 해서, 기름기로 번즈레한 그네 눈망울과 머리털과 손끝을 보 며 찬양하였습니다. 손가락을 식칼로 잘라 흐르는 피로 죽어 가는 남편의 목을 추기었다는 이 마을 제일의 열녀 할머니도 그건 그랬습니다.

달 좋은 보름 동안은 외면당했다가도 달 안 좋은 보름 동 안은 또 그렇게 이해되는 것이었지요.

앞니가 분명히 한 개 빠져서까지 그네는 달 안 좋은 보름 동안을 떡장사를 다녔는데, 그 동안엔 어떻게나 이빨을 희게 잘 닦는 것인지, 앞니 한 개 없는 것도 아무 상관없이 달 좋 은 동안의 연애의 소문은 여전히 마을에 파다하였습니다.

방 한 개 부엌 한 개의 그네 집을 마을 사람들은 속속들 이 다 알지만, 별다른 연장도 없었던 것인데, 무슨 딴손이 있 어서 그 개피떡은 누구 눈에나 들도록 그리도 이쁘게 만든 것인지, 빠진 이빨 사이를 사내들이 못 볼 정도로 그 이빨들 은 그렇게도 이쁘게 했던 것인지, 머리털이나 눈은 또 어떻게 늘 그렇게 깨끗하게 번즈레하게 이쁘게 해낸 것인지 참 묘한 일이었습니다.

-서정주, 〈알묏집 개피떡〉

《질마재 신화》는 시인의 고향인 고창 선운사 근처 질마재 마을을 배경으로 다양한 인물들의 삶을 이야기 형식으로 구수하게 담아낸 시집이야. 그런데 이 〈알묏집 개피떡〉이라는 시를 보면 '알묏댁'이라는 과부가 나오는데, 이 아주머니는 한 달에 보름은 살림하면서 사는데, 마을 사람들로부터 여자로서 행실이 나쁘다고 욕을 많이 먹어. 그런데 나머지 보름은 생계를 위해서 개피떡(바람떡)을 만들어 파는데, 그 맛이 일품인거야. 이때에는 지난 보름 동안 그렇게 알묏댁의 행실을 비난하던 사람들도 개피떡 칭찬을 늘어놓는다는 내용의 시야. 그런데 도대체 이게 무슨 시일까?

물론 이 시는 시인이 어린 시절 본 실존 인물에 대한 사실적인 기록으로 읽을 수도 있어. 그냥 동네에 그런 아주머니가 있었는데 행실은 나빴지만 그가 만든 개피떡은 참 맛있었다는……. 그런데 이렇게만 해 놓고 보면, '이게 뭐야, 시가 이렇게 시시한 거야?' 하는 생각이 들 수도 있어.

물론 이 작품의 해석에 정답은 없지만, 어떤 분은 이 시를 이렇게 풀었어. 이 시는 알묏댁이라는 실제 인물을 소재로 하여 세상 속에서 살아가는 예술가의 삶을 비유한 것이라고 말이야. 왜 그렇게 볼 수 있을까?

알뙷댁은 세상 사람들의 눈으로 보면 비도덕적인 삶을 살아. 그런데 솜씨는 좋아서 사람들에게 즐거움을 줘. 이렇게 모순된 삶, 그게 꼭 예술가의 삶과 같다는 거야. 한번 생각해 봐. 연예인을 포함한 예술가들 중에는 세상 사람들의 눈으로 보면, 도덕적으로 어긋난 삶, 고통스럽고 치욕스러운 삶을 산 사람이 얼마나 많아? 그런데 예술가들은 바로 그 숱한 상처로 가득한 자신의 삶을 창작의 재료로 삼을 수밖에 없어. 무엇보다 이것이 예술의 잔인한 면이고, 예술가의 운명이야. 그러니까 '예술가' 알뙷댁에게는 남들이 손가락질하는 그 보름 동안의 삶이 곧 맛있는 개피떡을 만드는 데에 꼭 필요한 '재료'라는 거야.

어때? 이렇게 해석해 놓고 보니까 시가 참 재미있는 '물건'이라는 생각이 들지 않니? 그런데 만일 시인이 다시 살아 돌아온다면, "난 그냥 내가 아는 '알뙷댁'에 대해서 쓴 거"라고 할 수도 있겠지? 하지만 작품은 세상에 나오는 순간, 그 작품의 아름다움을 읽어 내는 모든 사람의 것이지 어느 누구의 것이 아니야. 한 사람의 아름다움은 그 아름다움을 가장 잘 알고 사랑할 줄 아는 사람의 것이듯이!

▶날아서 푸른

날아서 푸른 산의 허리를 가른다.
飛割碧山腰

- 강일용

🗃️ 아이의 손바닥

이 시구는 어떤 모습을 표현한 것일까? 물론 실제 칼로 산의 허리를 가르는 모습은 아닐 거야. '날아서'라는 말을 열쇠로 짐작해 보면, 어쩌면 푸른 산 가운데를 하얀 새가 유유히 지나는 모습을 떠올려 볼 수도 있을 거야. 이 시를 쓴 사람은 고려 예종 때 시인 강일용이란 분인데, 비 오는 날 여러 번 어느 계곡을 찾은 후에, 하얀 해오라기가 나는 모습을 보고 쓴 시라고 해. 그런데 이 작품은 앞과 뒤가 없는 미완성 작품인데 그 이유는, 이 시를 '얻고' 나서 너무 기쁜 나머지 이것으로 충분하다고 생각해서 더 이상 짓지 않았기 때문이라고 해. 시인에게 이 구절이 얼마나 마음에 들었을지 상상이 가지 않니?

좋은 시를 남긴 사람들은 대부분 이렇게 좋은 작품 하나를 쓰기 위해 오랫동안 공을 들인 분들이야. 이것은 사랑하는 사람의 마음을 '얻기' 위해 오랫동안 정성을 들이는 것과도 비슷해. 시도, 누군가의 마음도, 내 마음대로 뺏는 것이 아니라 말 그대로 고맙게 '얻는' 거니까 말이야.

🔖 시안(시의 눈)

a. 한시에서, 잘되고 못됨을 결정짓는 중요한 하나의 글자.
b. 한시뿐 아니라 모든 시는 단어 하나, 비유 하나가 있고 없음에 따라 시가 되기도 하고 안 되기도 해. 김소월의 시 〈산유화〉에는 "저만치 혼자서 피어 있네"라는 구절이 있는데, 이 '저만치'라는 단어 하나를 두고도 여러 가지 해석을 해 왔어. 어쨌든 '저만치'가 있는 〈산유화〉와 없는 〈산유화〉는 서로 전혀 다른 작품이 되었을 거라는 점은 분명해.

 어깨 톡톡!

이 시의 '가른다_割'처럼, 좋은 시에는 시를 '살리는' 구절(시안", 시의 눈)이 있는데, 시를 읽을 때 이런 구절을 찾아 가며 읽어 보면 어떨까?

▶노인과 바다

1952년 처음 발표된 작품으로 헤밍웨이는 이 작품으로 1953년 퓰리처상, 1954년 노벨문학상을 받았다. 거대한 물고기와 사투를 벌이다가 뼈만 남은 잔해를 끌고 돌아오는 늙은 어부의 짧은 이야기다. 불운과 역경에 맞선 늙은 어부의 숭고하고 인간적인 내면을 강렬한 이미지와 간결한 문체로 그려낸 작품이다.

-어니스트 밀러 헤밍웨이

아이의 손바닥

작가 중에는 그가 쓴 작품보다 그 삶이 더 유명한 경우가 가끔 있어. 물론 대부분의 작가들은 흥미로운 삶을 살아서 대중의 관심을 끈 경우가 적지 않지만, 그중에서도 어니스트 밀러 헤밍웨이 Ernest Miller Hemingway[1899~1961]는 당시에 인기 연예인 못지않은 인기를 얻었다고 해. 그의 사냥과 낚시 취미, 결혼과 이혼 등 그의 온갖 사생활이 《라이프LIFE》같은 대중 잡지에 실려 세상에 알려졌다는 거야. 선생님도 청소년 시절에 영어 교과서에 보았던, 터틀넥 스웨터를 입고 텁수룩하게 수염을 기른 채 남성적이고 강렬한 눈빛으로 쏘아보는, 인상적인 얼굴 사진이 먼저 떠올라. 그리고 허름한 책상에 앉아 골똘한 표정으로 무언가 글을 쓰는 모습과 노년에 쿠바에서 어부들과 어울려 낚시를 하며 지내던 생활 모습을 보여 주는 사진도 기억나.

헤밍웨이의 후반기 걸작이자 그의 대표작인 〈노인과 바다〉[1952]는 특히 그의 생애 막바지의 생활과 생각이 잘 드러나는 작품이야. 제1차 세계대전 참전 체험을 〈무기여 잘 있거라〉[1929]에, 스페인 내전 취재 경험을 〈누구를 위해 종은 울리나〉[1940]에 고스란히 담았듯이 말이야. 이처럼 헤밍웨이와 같이 널리 알려진, '행동하는 작가'의 작품을 읽을 때에 흥미로운 점은, 작품 속 인물에 반영된 작가의 모습을 비교적 쉽게 찾을 수 있다는 점이야. 예를 들어, 〈노인과 바다〉 속 '노인'은 작가와 친했던 쿠바 어부를 모델로 한 것이라고 하지만, '노인'의 말과 행동, 자연과 삶에 대한 태도는 결국 그대로 헤밍웨이 자신의 것이 아니고 누구의 것일까?

 어깨 톡톡!

〈노인과 바다〉에 나오는 유명한 말, "사람은 파멸할지언정 패배할 수는 없다A man can be destroyed, but not defeated."에서 '파멸'과 '패배'를 가르는 기준은 무엇일까?

▶ 옹천을 그리며

금강문에서 바라보는 해금강, 그것은 현재 우리가 누릴 수 있는 금강산 유람의 마지막 정경이었다. 옛사람들은 여기서 행로를 해금강 만물상, 통천의 총석정으로 잡고 동해안 변을 따라 걸으며 금강산 유람의 여흥을 만끽하곤 했다지만 그런 낭만의 여로가 우리에게 언제쯤 열릴지 현재로선 알 수 없다.

만약에 그런 날이 온다면 나는 열 일 제쳐 놓고 꼭 그 길을 따라 걸어 보리라. 그것은 내가 답사광이거나 방랑벽이 있어서가 아니다. 개인사적으로 그 해변 길을 꼭 걸어보고 싶은 이유가 있다.

1972년 12월, 내 나이 스물세 살 때 일이었다. 그때 나는 군대에서 사병으로 근무하고 두 번째 휴가를 나와 있었다. 당시 나는 보병 제1사단 15연대 인사과에 근무하고 있어서 휴가 날짜를 잡는 데 약간의 융통성이 있어서 10월에 온 휴가를 두 달 늦춰 한겨울에 보내고 있었다.

남들은 하루라도 빨리 타 먹으려는 것이 휴가인데 내가 두 달이나 늦춘 것은 이때 국립중앙박물관에서 개관 이래 처음으로 회화 특별전이 기획되어 '한국 회화 근 5백 년전'이 열린다는 기사를 보았기 때문이었다.

휴가중 나는 이틀이 멀다 하고 국립중앙박물관에 가서 이 특별전의 출품작을 마치 밑줄 치면서 책을 읽듯이 뜯어보는 것이 일과이고 즐거움이었다. 책에서만 보던 그림, 책에서도 볼 수 없던 명화 1백여 점이 중앙홀(지금의 국립민속박물관)과 특별실에 전시되어 있었으니 미술사학도로서 얼마나 반갑고 고마웠겠는가.

그때 나는 겸재 정선이 그린 금강산 그림 중 〈옹천瓮遷〉이라는 그림에 크게 매료되어 있었다. 이 그림은 겸재가 36세 때 그린 금강산 초기작이어서 필치가 활달한 것은 아니지만 구도가 신선하고 나귀 탄 유람객들의 표현이 재미있고, 조선 소나무들이 운치 있게 그려 있어서 큰 매력을 느끼게 되었다.

옹천은 해금강에서 통천으로 가는 도중 동해안 쪽으로 바짝 붙어 있는 가파른 벼랑이다. 천遷이란 잔棧과 같은 뜻으로 좁은 샛길을 뜻한다. 그 벼랑의 생김새가 마치 큰 독을 엎어 놓은 것 같다고 해서 '독벼루'라 하고 그 길을 옹천이라고 부른다. 옹천 벼랑의 좁은 샛길은 통천으로 가는 지름길이 되는데 길은 좁고 길 아래는 천길 낭떠러지로 동해 바다와 맞닿아 있다. 그림으로만 보아도 아슬아슬하다.

겸재는 〈옹천〉을 그리면서 벼랑에 강한 수직의 붓질을 가하고 바다는 잔잔한 물결을 수평으로 가득 채웠다. 그리고 옹천 벼랑길로는 나귀를 탄 유람객을 점점이 삽입함으로써 그림은 동감動感이 충만하고 필묵의 강약 대비가 명쾌하다.

그런 긴장된 구도의 그림인데도 겸재는 항시 여유로운 유머 감각이 있어서 〈옹천〉 그림에서도 벼랑길 끝에는 모퉁이를 막 돌아선 나귀의 뒷다리와 꼬랑지가 그려져 있다. 그것이 이 그림의 긴장을 풀어주며 유람의 느긋함을 한껏 풍겨주고 있다.

12월 9일 오후 3시쯤으로 기억하고 있다. 그날도 나는 박물관에서 와서 특별전을 보고 있었다. 그날이 토요일인데도 내가 전시장에 들어섰을 때는 관람객이 나 하나뿐이었고 얼마 뒤 반대편 입구로 한 여학생이 들어오는 것을 보았을 뿐이다. 내가 〈옹천〉 그림을 재미있게 보고 있을 때 그 여학생은 반대 방향에서 보고 오다가 이 그림 앞에서 마주하게 되었다. 여학생은 내외하는 것인지 아니면 그림을 건성으로 보는 것인지 〈옹천〉을 보는 둥 마는 둥 하고 내 등 뒤로 돌아가는 것이었다.

나는 그 여학생이 이 재미있는 명화의 속뜻을 헤아리지 못하고 그냥 지나치는 것이 내심 안타까웠다. 그래서 "잠깐만 이리 와 보세요." 하고 불러 옹천 벼랑길 모퉁이를 돌아서는 나귀 뒷다리와 꼬랑지 좀 보라고 했다. 그러자 여학생은 진열장으로 바짝 다가섰다.

그녀는 열심히 그림을 살폈고 나는 그녀의 표정이 어떻게 바뀌는지를 물끄러미 바라보고 있었다. 마침내 그녀는 미소를 지으며 진열장에서 물러서서 내게 고맙다는 뜻으로 눈으로 웃음을 보냈다. 그날 우리는 다른 그림도 함께 구경했고, 결국 그녀는 나와 결혼하여 함께 살게 되었다.

그런 옹천인 것이다. 이제 와 생각하니 내가 금강산과 인연을 맺은 것은 결코 짧은 것도 우연도 아니라는 생각이 든다.

그로부터 20년이 지난 1990년, 국립중앙박물관에서는 '겸재 정선 특별전'이 열렸고, 그때 우리는 다시 겸재의 〈옹천〉을 볼 수 있었다. 당시 학예연구실장으로 있던 정양모 선생은 우리 부부를 중매한 〈옹천〉 그림 앞에서 사진을 한 장 찍어주고, 이 그림을 실물대 크기로 인화하여 액자에 넣어 선물해주셨다. 그것이 지금도 우리 집 안방에 걸려 있다. 나에게 옹천은 그런 것이었고, 나에게 금강산은 그런 곳이었다.

-유홍준

🎒 아이의 손바닥

"아는 만큼 보인다"라는 말로 널리 알려진 《나의 문화유산 답사기》 시리즈에는 북한 편이 2권 있어. 입담과 글솜씨, 역마살 모두 '문화재급'인 저자 유홍준[1949~] 교수의 글에는, 미술사학자로서 문화재의 함량을 깐깐한 눈으로 저울 다는 부분도 있지만, 푸근하고 유머러스한 눈으로 세상을 보는 여유를 느끼게 하는 부분도 곳곳에 있어.

예를 들면, 저자는 《나의 북한 문화유산 답사기》(하) 금강산 편에서, 금강산 해금강의 옹천 벼랑과 겸재의 그림 〈옹천〉을 사람 냄새 나는 이야기로 풀어내고 있어. 젊은 시절 미술 전시장에서 그림 〈옹천〉 속의 흔히 지나치는, 보일 듯 말 듯 재미있게 그린 '나귀 뒷다리와 꼬랑지'가 인연이 되어 지금의 아내를 만났다는 이야기인데, 이처럼 '아는 만큼 보이는' 것은 단지 그림만은 아닐 거야. 글이 그렇고, 음악이 그렇고……, 결국 사람도 그렇지 않을까? 그리고 우리나라 온 국토의 문화재를 안내하는 이 답사기 저자뿐 아니라, 선생님과 같은 세상의 모든 이런저런 '길라잡이'들이 하는 일이란, 그저 이렇게 '속뜻'을 헤아리지 못하고 그냥 지나치는 사람들의 어깨를 톡톡 쳐 불러서, '나귀 뒷다리와 꼬랑지'를 함께 보며 그저 빙그레 웃는 일은 아닐까?

어깨 톡톡!

"아는 만큼 보인다"라는 말은 원래 "사랑하면 알게 되고, 알면 보이나니, 그때 보이는 것은 전과 같지 않으리라"라는 말에서 왔는데, 아는 것보다 사랑하는 것을 앞세운 까닭은 무엇일까?

바라보는 모든 것을 걸작으로 만드는 눈?

미당 서정주는 그의 유명한 〈자화상〉이란
시에서 "나를 키운 것은 팔할이 바람"이라
고 했어. 그런데 미당뿐 아니라 누구에게
나 이 '바람'과 같은 것이 있어. 그것은 '나
는 누굴까?', '사랑이란 무엇일까?', '어떻게
살아야 할까?'와 같이 큰 '물음표'일 거야.

인생은 짧고 프루스트는 너무 길다.

-아나톨 프랑스

물론 여기서 '프루스트'는 앞에서도 말한, 〈잃어버린 시간을 찾아서〉라는 길고도 어려운 걸작을 남긴 그 프루스트Marcel Proust[1871~1922]야. 소설의 한 문단이 꼬리에 꼬리를 물고 한두 페이지를 가뿐히 넘어가는 이 소설을 그래도 끝까지 다 읽은 사람 중에 한 사람은 이런 말로 최고의 찬사를 보냈어.

"눈에 닿는 것은 모조리 걸작으로 만드는 이 눈길"

-앙드레 모루아

작가 중에는 우연히 남다른 체험을 하는 행운을 얻어 걸작을 남기는 경우도 있고, 헤밍웨이처럼 일부러 전쟁터로, 낯선 오지로 쫓아다니며 경험을 만들어 작품을 생산한 예도 있어. 또는, 불가피한 경우를 빼고 거의 평생을 자기가 나고 자란 곳에서 작품 활동을 한 작가도 있어. 이렇게 보면, 대체로 글을 쓰는 이에게 작품의 원재료가 되는 체험은 풍부할수록 좋겠지만, 그렇다고 해서 체험의 양이 전부는 아닌 것 같아. 즉, 프루스트도 말했듯이, 문학에서 중요한 것은 '무엇을' 보느냐가 아니라 '어떻게' 보느냐니까 말이야. 지금 네가 경험하는 사람과 장소, 책과 음악, 미술과 영화를 어떻게 바라보고 마음과 생활 속에서 숙성하느냐에 따라 나중에 걸작의 재료가 될 수도 있고, 그렇게 되지 않을 수도 있다는 거야.

미당 서정주는 그의 유명한 〈자화상〉이란 시에서 "나를 키운 것은 팔할이 바람"이라고 했어. 그런데 미당뿐 아니라 누구에게나 이 '바람'과 같은 것이 있어. 그것은 '나는 누굴까?', '사랑이란 무엇일까?', '어떻게 살아야 할까?'와 같이 큰 '물음표'일 거야. 지금까지 우리가 문학과 예술 작품을 함께 공부해 온 것도 어쩌면 그런 물음에 대한 답을 찾아가는 '작은 여행' 같은 것이 아니었을까? 여행이 끝나 가는데도 답은커녕 물음도 제대로 모르겠다고? 그래, 왜냐하면 그건 누구나 살아가는 동안 영원히 찾아야 하는 거니까. 하지만 그래도 선생님과 함께 여기까지 오는 동안, 자그마한 바람개비를 돌릴 만큼, 벌써 네 안에서 신 나는 그 '바람'이 불기 시작했는지도 몰라!

▶우편

우편차가
창 너머로 지나갈 때면
성에가 노랗게 꽃핀다.

-라이너 쿤체

🗃️아이의 손바닥

이 시를 읽으며 자기도 모르게 잠시 '쉼표'만큼 쉬게 되고, 다시 천천히 어떤 그림이 머릿속에 그려진다면 벌써 90퍼센트는 다 읽은 거야. 무엇보다 예전에 우체부 아저씨가 직접 전해 주는 누군가의 '손편지'를 간절히 기다려 본 사람은 이 작품을 단박에 이해할 수 있을 거야. 그리고 오지 않는 편지를 기다리는 이의 무심한 듯 서늘한 눈길 아래에 들끓는 뜨거운 심장도…….

모두가 아는 '사랑'을 표현하기 위해 사랑이라는 단어를 쓰는 것은 거의 누구나 할 수 있는 일이지? 그렇지만 이렇게 사랑이라는 말 한마디 없이도 폭발할 듯한 사랑의 마음을 표현하는 것은, 사랑을 보는 자기만의 날카로운 눈과 능숙한 손길이 없이는 어려운 일이 아닐까?

 어깨 톡톡!

문학 작품 중에서 '편지'가 내용이나 형식상 중요한 소재로 등장하는 작품에는 어떤 것들이 있을까?

▶월든

1852년 미국에서 처음 출간되었다. 소로는 대학을 졸업했으나 안정된 직업을 갖지 않고 측량이나 목수 일 같은 정직한 육체노동으로 생계를 유지하는 것을 선호했다. 이 책은 1845년 월든 호숫가의 숲 속에 들어가 통나무집을 짓고 밭을 일구면서 소박하고 자급자족하는 생활을 2년간에 걸쳐 시도한 산물이다. 자연을 예찬하고 동시에 문명사회를 통렬하게 비판하고 있다. 그 어떤 것에 의해서도 구속받지 않으려는 한 자주적 인간의 독립 선언문이기도 하다.

– 헨리 데이비드 소로

아이의 손바닥

좋은 책이란 결국 그 책을 읽는 사람의 삶을 근본적으로 바꾸는 책이 아닐까? 그런 책의 예로 반드시 이야기되는 작품이 헨리 데이비드 소로Henry David Thoreau^{1817~1862}의 《월든》이야. 《월든》은 널리 알려진 대로, 소로가 20대 후반에 미국 매사추세츠 주 콩코드 마을 근처에 있는 월든 호숫가의 숲 속에 손수 통나무집을 짓고 2년 2개월 동안 살았던 경험을 기록한 작품이야.

이 책의 갈피 갈피에는, 자연에 대한 예찬과 문명사회에 대한 비판, 그리고 자유롭고 참다운 삶에 대한 성찰이 가득 펼쳐져 있어. 하지만 소로는, 그러한 이야기를 자신의 머릿속에서 바로 꺼내어 보여 주는 것이 아니라, 자신의 '가슴'과 '생활'을 거쳐서 들려주기 때문에 지금도 사람들의 마음을 움직이고 삶을 바꾸고 있는지 몰라.

누군가, 세상에서 가장 먼 길은 머리에서 가슴에 이르는 길이라고 했지? 하지만 그보다 더 먼 길은 가슴에서 손과 발까지 가는 길이 아닐까? 머리로 알고, 가슴으로 느껴도, 결국 손과 발로 실천하는 것이 가장 어려우니까 말이야. 하지만 소로의 삶이 그랬듯이, 결국 이 세 가지는 '각각 따로'가 아니라 '모두 함께' 맞물려 돌아갈 때, 비로소 한 사람의 살아 있는 삶이 되는 것은 아닐까?

 어깨 톡톡!

여기 《월든》에서 너에게 꼭 들려주고 싶은 아름다운 말이 하나 있어.
"왜 우리는 성공하려고 그처럼 필사적으로 서두르며, 그처럼 무모하게 일을 추진하는 것일까? 어떤 사람이 자기의 또래들과 보조를 맞추지 않는다면, 그것은 아마 그가 그들과는 다른 고수의 북소리를 듣고 있기 때문일 것이다. 그 사람으로 하여금 자신이 듣는 음악에 맞추어 걸어가도록 내버려 두라. 그 북소리의 음률이 어떻든, 또 그 소리가 얼마나 먼 곳에서 들리든 말이다. 그가 꼭 사과나무나 떡갈나무와 같은 속도로 성숙해야 한다는 법칙은 없다. 그가 남과 보조를 맞추기 위해 자신의 봄을 여름으로 바꾸어야 한다는 말인가?"
너의 '북소리'는 어떤 거니?

▶시간의 초상 2005

-구본창

🎞️ 아이의 손바닥

이 책의 마지막 장면은 이걸로, 이 '바다'로 할게. 그런데 그림
보다 더 그림 같은 이 사진의 제목은 왜 〈시간의 초상〉일까? 원래
사람의 모습을 그리는 것이 초상인데, 시간은 얼굴도 몸도 없으니
'바다'와 '하늘'과 '구름'으로 시간의 얼굴을 떠올려 보라는 뜻일
까? 시간은 '바다'처럼 늘 그 자리에 있는 듯하지만, '구름'처럼 어
느새 어디론가 사라진다는 의미일까?

그런데 너, 바다가 왜 바다인지 아니? 누가 그러던데 그냥 '다
받아 준다고' 바다래. 이렇게 싱거운 이름을 가진 바다를 소재로

지금까지 수많은 사람들이 시를 썼지만, 바다에 대한 최고의 시는 당연히(?) 아직 씌어지지 않았어. 그래도 현재까지 내가 아는, 바다에 관한 가장 아름다운 시는 바로 이 시야.

아무도 바다를 보고 있지 않을 때
바다는 벌써 바다가 아니라
아무도 보고 있지 않을 때의
우리들과 같은 것이 되어 버린다.

－쥘 쉬페르비엘, 〈비밀의 바다〉(부분)

하지만 나는 벌써 언젠가 네가 쓸 '최고의 시'가 기대돼. '바다'와 '하늘'과 '별'과…… 이 세상의 모든 것에 대한 너의 노래가!

 어깨 톡톡!

지금까지 본 인상적인 사진이나 널리 알려진 사진 중에서, 친구에게 소개하고 싶은 작품에는 어떤 것이 있을까?

국어 교과서는 행복한 다리!

몇 해 전 역사 과목을 선택과목으로 하느냐, 필수과목으로 하느냐는 문제가 우리 사회의 '뜨거운 감자'가 됐었어. 독도 문제, 역사 해석을 둘러싼 진보와 보수의 논쟁 등으로 여러 가지로 민감한 문제지만, 사람들은 대체로 역사교육을 강화해야 한다는 데에는 의견이 일치하는 것 같아.

그런데 조금 아쉬운 것은, 역사교육의 미래를 그려 가야 할 사람들이 좀 더 본질적인 문제에 대해서는 눈을 감고 있다는 거야. 과학 저술가로도 잘 알려진 젊은 과학자 정재승 교수는 역사교육 논쟁을 다룬 어느 신문 칼럼"에서, 학창 시절에 역사 수업이나 역사 교과서 때문에 오히려 역사 자체를 싫어한 적이 있다고 하면서, 현재와 같은 역사교육이라면 오히려 시간을 더 늘리는 것이 무슨 의미가 있을지 모르겠다고 걱정했어.

그럼, 우리 국어교육은 어떨까? 현재 국어 수업과 국어 교과서가 학생들을 문학과 예술, 인문학과 과학을 사랑하는 '미래의 좋은 독자'로 훌륭하게 키우고 있다고 자신 있게 답할 수 있을까?

선생님은 대학 신입생 때, 교양 국어 시간에 함석헌^{1901~1989} 선생의 《뜻으로 본 한국 역사》에서 뽑아 실은 짧은 글 한 편을 읽고 정신적 전율을 느낀 경험이 있단다. 얼마 후에 찾아 읽은 그 책은, 분명 역사책인데 철학서 같기도 하고 수필집 같기도 한 책

칼럼 column

a. '기둥'을 뜻하는 라틴어에서 나온 말로 신문 지면의 난 또는 특별 기사.
b. 신문이나 책의 지면을 한 걸음 물러서서 보면, 크게 글씨와 그림이 있는 부분과 나머지 여백이 보일 거야. 글씨와 그림으로 된 세로 모양을 출판이나 인쇄업계에서 칼럼(단)으로 부르고, 보통 이런 모양의 지면에 글쓴이의 생각을 담아 신문이나 잡지에 쓴 글을 그렇게 부른단다.

이었어. 어린 마음에도, 간결하고 힘찬 문장 속에서 인생과 역사를 아우르는 큰 정신의 울림 같은 것이 느껴졌어. 물론 나중에는 함석헌 선생의 역사관이 그와 다른 역사적 입장에서 볼 때 허점도 많다는 것을 알게 됐지만, 그 떨림의 기억은 지금까지 생생하게 살아 있어. 한때, 출판계에서 '살아 있는 ~교과서'라는 제목의 책들이 크게 유행했는데, 선생님에게는 《뜻으로 본 한국 역사》야말로 '살아 있는 역사 교과서'였던 셈이야.

이 책을 처음 쓰기 시작할 때부터 지금까지 선생님은 그런 '교과서'를 꿈꾼단다. 서투른 이 책이 열어 보여 주는 정신의 떨림을 통해, 문학과 예술, 과학과 지성의 아름다움을 향해 한 걸음씩 걸어 나갈 수 있도록 도와주는 '행복한 다리' 같은 책을 말이야.

그런데 이걸 어디서부터, 어떻게 시작할 수 있을까?

아동 문학가로 널리 알려진 독일 작가 에리히 케스트너는 〈하

늘을 나는 교실〉이라는 작품에서 이런 속 깊은 말을 남겼어.

왜 어른들은 언젠가는 자신의 어린 시절을 깡그리 잊어버리
고서 슬프고 불행한 아이들도 더러 있다는 사실을 전혀 모
르게 될까? …… 아이들이 흘리는 눈물은 결코 어른들이 흘
리는 눈물보다 작지도 않거니와 때로는 어른들이 흘리는 눈
물보다 훨씬 무겁다.

국어와 문학을 사랑하고 가르치는 일이란 그저 너와 같이 평범
한 한 '소년의 눈물'을 이해하는 것에서 비로소 시작되는 것은 아
닐까?

한 걸음 뒤에서

다시, 시를 아는 아이에게

사랑하는 아이야,
이제 나의 손을 떠나
혼자 천천히 너의 여행을 떠나 보지 않겠니?
그럼, 안녕.

참고 문헌과 출처

시를 아는 아이 1
김동환, 〈산 너머 남촌에는〉, 《국경의 밤》(미래사, 1991)
파블로 네루다, 〈시〉, 《네루다 시선》(정현종 옮김, 민음사, 2007)
오규원, 〈빗방울〉, 《두두》(문학과지성사, 2008)
윌리엄 셰익스피어, 〈소네트〉(18번), 《소네트》(정종화 옮김, 민음사, 2000)
황동규, 〈편한 덩굴〉, 《몰운대행》(문학과지성사, 1991)
자크 프레베르, 〈공원〉, 《꽃집에서》(김화영 옮김, 민음사, 1975)
서정주, 〈푸르른 날〉, 《국화 옆에서》(이남호 엮음, 민음사, 1997)
이명옥, 〈내 날개 밑에서 부는 바람〉('자고새가 있는 밀밭' 관련 참고 글), 동아일보(2013. 4. 30.)
쥘 르나르, 《홍당무》(심지원 옮김, 비룡소, 2003)
안톤 체호프, 〈청혼〉, 《벚꽃 동산》(오종우 옮김, 열린책들, 2009)
베르톨트 브레히트, 〈서정시를 쓰기 힘든 시대〉, 《살아남은 자의 슬픔》(김광규 옮김, 한마당, 1999)
마거릿 미첼, 《바람과 함께 사라지다》(안정효 옮김, 열린책들, 2010)

시를 아는 아이 2
고은, 〈그 꽃〉, 《순간의 꽃》(문학동네, 2001)
서정주, 〈비 오시는 날〉, 《국화 옆에서》(이남호 엮음, 민음사, 1997)
황순원, 《소나기》(나라말, 2011)
프랜시스 스콧 피츠제럴드, 《위대한 개츠비》(김영하 옮김, 문학동네, 2009)
신영복, 〈후지 산 자락에 일군 키 작은 풀들의 나라〉, 《더불어 숲》(랜덤하우스코리아, 2003)
김광규, 〈묘비명〉, 《희미한 옛사랑의 그림자》(민음사, 1995)
페데리코 가르시아 로르카, 〈작별〉, 《강의 백일몽》(정현종 옮김, 민음사, 2003)
조지 오웰, 《동물 농장》(최희섭 옮김, 펭귄클래식코리아, 2008)
이태준, 《엄마 마중》(한길사, 2004)
헤르만 헤세, 《수레바퀴 아래서》(김이섭 옮김, 민음사, 2001)
정창교, 〈비료 지기〉(학생 작품), 《일하는 아이들》(이오덕 엮음, 보리, 2002)
윤석중, 〈낮에 나온 반달〉, 《낮에 나온 반달》(창비, 2004)
서정춘, 〈귀〉, 《귀》(큰나, 2005)
백석, 〈모닥불〉, 《정본 백석 시집》(고형진 엮음, 문학동네, 2007)

시를 아는 아이 3
자크 프레베르, 〈불어 작문〉, 《꽃집에서》(김화영 옮김, 민음사, 1975)
스탕달, 《적과 흑》(이동렬 옮김, 민음사, 2004)
호르헤 루이스 보르헤스, 〈시학〉, 《부에노스 아이레스의 열기》(우석균 옮김, 민음사, 1999)
알베르 카뮈, 《이방인》(김화영 옮김, 민음사, 2011)
김광섭, 〈저녁에〉, 《성북동 비둘기》(미래사, 2003)
김광규, 〈영산〉, 《희미한 옛사랑의 그림자》(민음사, 1995)
신동엽, 〈산문시1〉, 《신동엽 시전집》(강형철·김윤태 엮음, 창비, 2013)
장 지오노, 《나무를 심은 사람》(김화영 옮김, 민음사, 2009)
서정주, 〈알묏집 개피떡〉, 《미당 시전집 1》(민음사, 1994)
강일용, 〈날아서 푸른〉, 《인문학과 글쓰기》(고려대학교출판부, 2005)
유홍준, 〈옹천을 그리며〉, 《나의 북한 문화유산 답사기》(하)(랜덤하우스코리아, 2001)
아나톨 프랑스, 〈인생은 짧고〉, 《바람을 담는 집》(김화영 지음, 문학동네, 1996)
라이너 쿤체, 〈우편〉, 《보리수의 밤》(전영애·박세인 옮김, 열음사, 2007)
쥘 쉬페르비엘, 〈비밀의 바다〉, 《낙타는 십 리 밖 물 냄새를 맡는다》(허만하 지음, 솔출판사, 2000)

반걸음 뒤의 선생님 3
에리히 케스트너, 《하늘을 나는 교실》(문성원 옮김, 시공주니어, 2000)